THOMAS STRIEBIG
ECHSENFELS

Thomas Striebig

# Echsenfels

Roman

AAVAA
VERLAG

1. Auflage 2014

Umschlaggestaltung: AAVAA Verlag
Coverbild: Thomas Striebig, Rocher des Reptiles ,Vogesen

Printed in Germany
AAVAA print+design

| | |
|---|---|
| Taschenbuch: | ISBN 978-3-8459-1091-8 |
| Großdruck: | ISBN 978-3-8459-1092-5 |
| eBook epub: | ISBN 978-3-8459-1093-2 |
| eBook PDF: | ISBN 978-3-8459-1094-9 |
| Sonderdruck: | Mini-Buch ohne ISBN |

AAVAA Verlag, Hohen Neuendorf, bei Berlin
www.aavaa-verlag.com

*Für die beste aller Ehefrauen*

# Prolog

Scheiß-Handys! Immer dann, wenn man sie brauchte, war entweder der Akku leer oder man hatte keinen Empfang. So zum Beispiel, als David vor einiger Zeit sein hochmodernes, vielseitiges Mobiltelefon als Wecker benutzen wollte, weil er rechtzeitig zu einer wichtigen Unterredung mit seinem Doktorvater in der Uni sein musste. Und was passierte? Der Akku war leer, er verschlief gnadenlos und verpasste den Termin. Gut, dass der Prof das Ganze mit einer ironischen Bemerkung bewenden ließ und ihm das nicht weiter übel nahm: Ja, ja, die jungen Leute und ihr pseudoreligiöser Glaube an den Gott Technik ...

Und jetzt? Kein Empfang! War ja wieder mal klar.

Dabei war es doch eigentlich bis dahin so ein toller Tag gewesen. Nach einem einfachen, schnellen Mittagessen war er mit seinem Mountainbike – einem Weihnachtsgeschenk seines Vaters, in seiner, na, ja, Familie war man nicht gerade arm – losgefahren. Von Ribeauvillé, dem Elsässer Weinstädtchen, hinauf in die Berge. Raus aus diesem öden Provinzkaff mit seinen baufälligen Fachwerkhäusern, den nervenden Touri-Massen und den ewig Wein nuckelnden Einheimischen, die sich unablässig über ihre eigenen Witze halbtot lachen konnten. Schlimm genug, dass er hier seine Zeit verplempern musste. Blödes Studium, blöde Promotion! Nur, weil sein Alter unbedingt einen „richtigen Akademiker" haben wollte! Statt ihn irgendwo so richtig Geld verdienen zu lassen! Ganz großes Tennis, Dad, wirklich ganz großes Tennis!

Bei der allerersten Gelegenheit aus dem bewohnten Gebiet heraus und kurz durch die Weinberge, dann verschluckte ihn sozusagen der Wald.

Die Fahrerei war herrlich. Natürlich hatte er sich typische Vogesenwege herausgesucht, rau, steil, über Stock und Stein oder vielmehr über Wurzelwerk und Felsbrocken führend, dabei zuverlässig markiert. Solche Wege stellten schon für Wanderer eine gewisse Herausforderung dar. Und nun gar für den Mountainbiker! Er kam kaum schneller voran als ein Fußgänger, er kämpfte, schwitzte, atmete tief und rhythmisch und regelmäßig und dabei kam in ihm ein Glücksgefühl auf, das mit Worten kaum zu beschreiben war. Wie er es von früheren Touren dieser Art her kannte.

Immer weiter arbeitete er sich empor. Das Wetter spielte nicht so recht mit, war ja Ende Oktober auch nicht anders zu erwarten. Und er war, Ehrensache, nur mit seiner Radlerkluft bekleidet, mit kurzer Radlerhose, knallgelbem Shirt, Helm ... Ein wenig Notproviant hatte er dabei, ein paar Müsliriegel und natürlich seine Wasserflasche, aber keine wärmere Kleidung. Wozu auch? Schließlich wollte er sich austoben, seinen Körper betätigen. Keine großen Pausen machen, dabei wäre er auch nur ausgekühlt. Weiter, immer weiter! Den Muckis etwas Gutes tun! Alter Schwede, fuhr Conny auf die ab! Wenn der Alte den leisesten Schimmer hätte ...

Der Weg stieg und stieg. Vorbei an den Burgen, vorbei an Aussichtspunkten, Wegverzweigungen. Das Wetter machte keine Anstalten, sich zu bessern, im Gegenteil, es wurde neblig und begann zu nieseln. Umkehren? Schwachsinn! Weiter, weiter!

Heute war er so richtig super in Form, das fühlte er. Sein Körper arbeitete wie eine Maschine – Adrenalin pur, er wünschte sich, dass diese Steigung noch lange nicht zu Ende ging. Dass er nicht mehr genau wusste, wo er war, dass es immer schwieriger wurde, sich im Nebel zu orientieren, in den riesigen Bergwäldern – was störte ihn das! Weiter, immer weiter! Außer ihm war kein Mensch unterwegs. Die Brust tat ihm inzwischen weh, auch die Beine, die Arme, die jeden Stoß des rauen Bodens abfedern mussten, aber so etwas ignorierte er grundsätzlich. Das gehörte einfach dazu! Da kam erst das richtige Feeling auf!

Als ein Fahrweg zu einem schmalen, steinigen Steig wurde, fast wie in den Alpen (wie gerne dachte er an seine Transalp-Tour vom Sommer zurück, von München nach Venedig, wo er es allen so richtig gezeigt hatte, auch wenn er sich ständig über die vielen Wanderer auf seinen Wegen geärgert hatte) – da stellte er auf einmal fest, dass er die Orientierung verloren hatte.

Er stoppte kurz. An den Bäumen eine gelbe Markierung, die er nicht zuordnen konnte. Keine Wegweiser. Aber kein Grund zur Panik auf der Titanic! Wozu hatte er sein Handy dabei? Mit eingebautem Navi, das würde schon …

Das war der Augenblick, in dem er bemerkte, dass das Handy keinen Empfang hatte und der Akku zudem so gut wie leer war.

So what? Ruhe bewahren! Er war ja hier nicht im Urwald! Nur weiter – sehr langsam, der schmale Weg war wirklich nicht einfach zu fahren und ständig musste er auf der Hut sein, auf dem nassen Boden nicht wegzurutschen und zu stürzen. Gut, ein Sturz war nicht so schlimm, da handelte man sich eben ein paar Schürfwunden ein. No risk – no fun! Aber er brauchte das jetzt nicht wirklich.

Der Weg wurde nicht besser und machte auch keine Anstalten, endlich wieder abwärts zu führen. Immer weiter den Kamm entlang. Endlos. Allmählich nervig. Der Wald wurde, wie ihm schien, lichter. Aber der Nebel blieb, die Wolken schienen eher noch zuzunehmen. Fast war es schon dämmrig, dabei konnte es kaum später als vier Uhr sein – der Akku von Davids Handy hatte jetzt endgültig den Geist aufgegeben und eine Uhr hatte er selbstverständlich nicht dabei.

Ruhe bewahren! Aber das sagte sich so leicht. Er zwang sich, einen kräftigen Schluck aus seiner Trinkflasche zu nehmen und zwei Müsliriegel zu essen, die ihm Power geben sollten, aber ihm nicht schmeckten. Wie lange, verdammt nochmal, war er denn schon in dieser gottverdammten, gottverlassenen Gegend unterwegs?

Weiter! Es half ja nichts. Und was sollte ihm schon passieren? Aber wurde es wirklich schon dämmrig? War es doch schon später? Kacke, ohne das Handy fühlte man sich wie – wie –

Der Kamm nahm kein Ende. Wenn er jetzt auch noch in die Dunkelheit käme, hier oben, auf sicher 1000 Meter Höhe und bei diesem Wetter …

Mit einem Mal glaubte er, gar nicht weit entfernt, ein winziges Leuchten wahrzunehmen.

Das konnte doch nicht sein! Kamen bereits die Halluzinationen, die, das wusste er, einen dehydrierten Körper früher oder später heimsuchten? Trinken, trinken! Auch wenn es nur abgestandenes Leitungswasser war, das wie Pisse schmeckte.

Der schwache Lichtschein blieb.

Nun, gut, whatever, sein Weg führte ohnehin darauf zu. In wenigen Minuten sollte er schon wissen, was da leuchtete. Oder auch nicht leuchtete.

Tatsächlich, das Licht wurde deutlicher. Jetzt war er sicher: Das war keine Halluzination, das war ein wirkliches Licht, und wo ein Licht war, musste auch jemand sein. Einige Zeit war es verdeckt, aber der Weg behielt die Richtung bei, er konnte sein Ziel nicht verfehlen. Hinter einigen Bäumen nahm er schließlich wieder einen schwachen Schimmer wahr. Er atmete auf. Sicher war da jemand, der ihm sagen konnte, wie er von diesem endlosen Bergkamm wieder ins Tal kam. Auch wenn es einer jener Elsässer Öhis war, deren Slang kein Schwein verstand. Freundlich waren sie ja, keine Frage. Aber keiner sprach wenigstens ein paar Brocken Englisch.

Er stolperte um einige Baumstämme und Felsbrocken herum und erschrak. Vor ihm steckte auf einer in eine Felsritze gerammten Holzstange ein riesiger Kürbiskopf mit einer widerwärtigen Fratze, von innen beleuchtet.

Und rannte dort hinten nicht eine dunkle Gestalt davon? In langem Mantel? Wenn es nur nicht so neblig und dämmrig gewesen wäre!

Unvermittelt wurde er wütend. Dieses verdammte Halloween! Dieses verdammte Halloween! Gut, er hatte sonst auch gerne Party gemacht, aber hier oben? Welcher Vollidiot trieb sich denn jetzt noch in dieser Pampa herum? Und war es nur einer?

„Hallo!", rief er. „Ist da jemand?" Und gleich noch: „Someone here who speaks English?"

Keine Antwort. Der dicke Kürbiskopf schien ihn blöde anzugrinsen, in seinem Inneren flackerte das Licht und dadurch wurde die Fratze noch widerlicher. Er ging ein paar Schritte zur Seite. Dann drehte er sich um und fuhr entsetzt zurück. Noch einen Schritt weiter und er wäre über einen senkrechten Felsabbruch abgestürzt. Wie tief? Tief genug.

„Hallo!", rief er nochmals.

Und da durchfuhr ihn wieder ein Schrecken. Direkt vor ihm, wenige Meter von der Kürbisfratze entfernt, kauerten im fahlen Zwielicht zwei riesige Echsen.

Aus Stein, aber das merkte er erst im nächsten Augenblick.

Plötzlich Geräusche, Schritte an seiner Seite. Er drehte sich um. Maßlos erstaunt.

„Was machen ***Sie*** denn hier?“
Die Antwort gefiel ihm ganz und gar nicht.

# Kapitel 1

„Ludwig Harrwitz, private Ermittlungen?"

„Da sind Sie hier richtig. Bitte kommen Sie rein!" Harrwitz versuchte sich seine Überraschung nicht anmerken zu lassen. Er war also tatsächlich gekommen, der Anrufer, der am Telefon so wortgewandt und durchaus gebildet gewirkt hatte. Wobei für viele Mannheimer der älteren Generation, auch für Harrwitz, jemand, dessen Sprache auch nicht den leisesten Kurpfälzer Akzent erkennen ließ, erst einmal wortgewandt, gebildet, norddeutsch, vielleicht auch vornehm oder großspurig wirkte – in der Regel von allem etwas.

„Entschuldigen Sie bitte – es ist gerade nicht aufgeräumt ..." Unsinn! Natürlich beäugte der Besucher nicht aus diesem Grund jedes Detail der kleinen Zweizimmerwohnung, in der Harrwitz seit vielen Jahren lebte, hauste, vegetierte – wie man's nimmt. Und musste ausgerechnet jetzt in der Wohnung über ihm das zweijährige Kind losplärren? Worauf prompt ein Stockwerk tiefer die steinalte Zwergschnauzerdame Daisy wütend kläffte – was das Kind dazu animierte, noch lauter zu schreien – und wodurch der Hundedino nur noch mehr austickte. Und dass jetzt noch die Stimme der Mutter des Kindes ertönte, beendete das Spektakel auch nicht, im Gegenteil.

„Nehmen Sie doch Platz", sagte Harrwitz und räumte einen Stapel Zeitungen, Zeitschriften und Papierkram weg, der auf einem der zwei Stühle vor seinem kleinen Schreibtisch wieder einmal angewachsen war wie der Turm von Babel. Und dabei nahm er sich wohl zum hundertsten Mal vor, die verdammten Bankauszüge gleich einzuheften, statt sie erst mal irgendwohin zu legen und später die ganze Wohnung auf den Kopf zu stellen und sie doch nicht mehr zu finden.

Ja, guck nur, dachte er, während er seinen Gast musterte. Mein Büro entspricht wohl nicht so ganz deinen Vorstellungen, wie? Hättest wohl einen großen Raum erwartet, schwere Mahagonimöbel wie beim Schönheitschirurgen, häh? Schwere schwarze Ledersessel oder ein schwarzes Ledersofa wie beim Seelenklempner, häh?

Sein Besucher war ihm auf den ersten Blick unsympathisch. Diskreter Charme der oberen Zehntausend. Korrekter, gut sitzender Anzug, dezente Krawatte, dezenter Parfumduft, gepflegt von oben bis unten. Sportliche, geradezu drahtige Figur, weißes, volles Haar, erst wenige Falten im Gesicht, obwohl er die Sechzig wohl schon überschritten hatte. Typ gepflegter älterer Herr mit untadeligen Umgangsformen. Hingucker bei Tennisturnieren „Ü 50". Wohltemperierter Frauenversteher. Und einen Seelenklempner würde der wohl auch brauchen, weil ihm seine Frau mit einem halb so alten Latin Lover …

„Mein Problem ist, dass mein Sohn – nun, ja, er ist verschwunden."

Harrwitz stöhnte innerlich auf.

„Waren Sie bei der Polizei?"

„Das ist eine komplizierte Geschichte", begann der Besucher.

„Kaffee?", fragte Harrwitz widerwillig. Er merkte, dass es ein längeres Gespräch werden könnte, und entschloss sich, so verbindlich aufzutreten wie irgendwie möglich. Schließlich konnte man sich seine Kundschaft nicht aussuchen. Nicht als Anfänger, nicht als Nobody. Und nicht, wenn man in einem schäbigen Mietshaus in der Mannheimer Neckarstadt wohnte, in einer Gegend, um die besser situierte Kundschaft in der Regel einen großen Bogen machte. Wenigstens hatte der Radau im Haus inzwischen aufgehört.

Der Besucher lehnte mit einer angedeuteten Handbewegung ab, die ihn Harrwitz nicht sympathischer machte.

„Bitte erzählen Sie von Anfang an", sagte er und versuchte seiner Stimme etwas Ruhiges, Vertrauenswürdiges zu geben. Wie ein Sherlock Holmes oder Matula für Arme, dachte er und kam sich ziemlich affig vor.

„Es ist viel komplizierter, als Sie denken."

Das sagen alle, fuhr es Harrwitz durch den Kopf. Und zugleich: Woher willst du eigentlich so genau wissen, was ich denke?

„Mein Name ist Manfred Senger, Unternehmensberater. Vielleicht sagt Ihnen mein Name etwas ..."

Harrwitz verneinte mit einer Geste. Sein Unmut wuchs.

„Mein Sohn David ist Student. Genauer: Doktorand. Geschichte. Haben Sie nicht auch Geschichte studiert, Herr Harrwitz?"

„Woher wissen Sie denn das?"

„Steht doch auf Ihrer Internetseite", sagte der Besucher. „Wobei die optisch schon etwas ansprechender – aber lassen wir das ..."

Harrwitz zwang sich zu einer halbwegs verbindlichen Antwort. „Ach, so! Aber mein Studium ist schon eine Weile her." Und er hoffte, dass sein Besucher ihn nicht fragen werde, wie man als examinierter Historiker auf die Idee komme, sich als Privatdetektiv zu verdingen.

„Wissen Sie", sagte Senger und zog sich die Krawatte zurecht (sicher ein eingeübter Griff, dachte Harrwitz, das macht er zwanzig Mal am Tag so), „mein Sohn arbeitet an einer Darstellung über elsässische Wallfahrtsstätten. Ja. Das ist sein Promotionsthema. Ehrgeiziges Projekt, das sieht ihm ähnlich. Zuletzt hielt er sich in Ribeauvillé auf."

Harrwitz erinnerte sich dunkel: eines von vielen Weinstädtchen an der elsässischen Weinstraße oder Route du Vin, wie man politisch korrekt wohl sagen musste. Viel Fachwerk, viel Nostalgie, viele Touristen, sicher auch viel Nepp. Aber was – ?

„Oberhalb von Ribeauvillé gibt es nicht nur drei Burgen, was allgemein bekannt sein dürfte, sondern auch den zweitbedeutendsten Wallfahrtsort des Elsass, was weniger bekannt sein dürfte. Notre-Dame-de-Dusenbach."

„Mir sagt nur der Odilienberg etwas."

„Das geht fast allen so", sagte der Unternehmensberater (großmütig, wie Harrwitz es in seinem Ärger empfand). „Aber Notre-Dame-de-Dusenbach hat eine höchst bewegte Geschichte."

Und ich habe nichts Besseres zu tun, als mir jetzt das laienhafte Gesülze eines aufgeblasenen Unternehmensberaters über einen zweitrangigen Elsässer Wallfahrtsort anzuhören, dachte Harrwitz. Und im selben Augenblick: Was habe ich denn Besseres zu tun? Obwohl ihm ein Klischee über Unternehmensberater einfiel: Sie kommen, ohne dass man sie ruft, erzählen einem Dinge, die man längst weiß, und haben keine Ahnung von Tuten und Blasen.

„Ich werde Ihre kostbare Zeit (einen Augenblick fragte sich Harrwitz, ob das zynisch gemeint war) nicht über Gebühr in Anspruch nehmen. Ganz kurz: Die Wallfahrtsstätte wurde 1221 gegründet, es gab dort eine angeblich wundertätige Ikone der Gottesmutter aus dem Heiligen Land. Sie wissen ja: Zeit der Kreuzzüge. Ein Egelolf von Rappoltstein, Spross des Adelsgeschlechts der Rappoltsteiner, hat sie ins Elsass gebracht – angeblich von einem Kreuzzug. Wie er an die Ikone gekommen ist, ob sie ihm geschenkt wurde, ob er sie geraubt hat – das weiß man nicht mehr. Es gibt sogar Stimmen, die vermuten, dass die Ikone gar keine Ikone war, sondern ein simples Heiligenbild aus Lothringen. – Dürfte ich Sie jetzt vielleicht doch um einen Kaffee – wenn es Ihnen nichts ausmacht ... Mit Milch, ohne Zucker."

Harrwitz stellte einen Becher auf ein freies Fleckchen seines Schreibtisches. „Aber ich verstehe nicht – ob die Ikone echt ist, müsste man doch heutzutage herausfinden können."

„Das ist leider nicht mehr möglich, sie ist seit mehr als 500 Jahren verschwunden. Aber lassen Sie mich der Reihe nach erzählen: Der Rappoltsteiner übergab sie einem Einsiedler, der im abgeschiedenen Dusenbachtal eine kleine Kapelle errichtete. Mit der Ruhe und Abgeschiedenheit war es danach bald vorbei, immer mehr Wallfahrer kamen und so musste man noch im 13. Jahrhundert eine zweite und dann gar eine dritte Kapelle bauen. Als die ganze Gegend und auch die Wallfahrtsstätte im 14. Jahrhundert, genauer, im Hundertjährigen Krieg, der Ihnen sicher ein Begriff ist – "

„Durchaus", überwand sich Harrwitz die Kunstpause des geschichtskundigen Unternehmensberaters zu überbrücken.

„ – von englischen Söldnern verwüstet wurde, hatte man die Ikone – oder was auch immer sie war – rechtzeitig in Sicherheit bringen können. Kurz vor 1500 – ich müsste die genaue Jahreszahl jetzt in den Unterlagen meines Sohnes suchen ..."

„Kein Problem."

„Also kurz vor 1500 ging die Ikone bei Bauarbeiten verloren. Sie wurde durch eine Pieta ersetzt. Was danach in und um Notre-Dame-de-Dusenbach passierte, ist immer noch interessant genug, nachgerade dramatisch (nachgerade, so, so, dachte Harrwitz), aber im Augenblick nicht unser Thema. Sie verstehen, dass sich um die verschwundene Ikone allerlei Geschichten und Gerüchte ranken."

„Und Ihr Sohn ... „

„Wäre sicher nicht eigens nach Ribeauvillé gefahren, wenn nicht kurz davor eine alte Chronik aufgetaucht wäre, in der lang und breit berichtet wird, auf welch abenteuerliche Weise der Rappoltsteiner die Ikone nach Dusenbach brachte. Kurzzeitig riesiges Medienspektakel, jedenfalls im Elsass, die Zahl der Besucher und Wallfahrer stieg ins Unermessliche ...Tja – und irgendwie scheint David Zweifel an der Echtheit dieser Chronik gehabt zu haben."

„Und Sie meinen", fragte Harrwitz, während es in seinem Kopf drunter und drüber ging, „dass möglicherweise ein Verbrechen ... Weil doch die Wallfahrer Geld und Publicity bringen? Oder – "

„Verbrechen? Gott behüte!"

Harrwitz merkte, dass seine letzte Bemerkung etwas unglücklich gewesen war. Anfängerhaft. So etwas denkt man natürlich, aber man sagt es doch nicht! „Es wird schon nichts passiert sein, man muss ja nicht gleich an das Schlimmste denken ..."

Senger winkte ab. Nicht der Rede wert!

„Fest steht: David hat dort mit allen möglichen Leuten gesprochen, um an Informationen über die Ikone zu kommen, soweit ich weiß. Er hat sich auch vom Pfarrer der Église paroissiale, also der Pfarrkirche, die Chronik ausgeliehen und sie gelesen, es ist nicht das Original, sondern eine Übersetzung ins Deutsche, wohl aus dem 19. Jahrhundert, jedenfalls vor der vorletzten Rechtschreibreform. Ja, wie dem auch sei – eines Tages, vor einem guten halben Jahr, war David dann schlicht und ergreifend verschwunden. Wie vom Erdboden verschluckt. Von jetzt auf gleich. Exakt am 30. Oktober hat er sein Quartier verlassen und ist mit dem MB ..."

„MB?", fragte Harrwitz.

„Mountainbike", erklärte Senger herablassend. „Mit dem ist er in die Berge gefahren. Wie so oft vorher auch, in dieser

Hinsicht war er verrückt, anders kann man das nicht sagen. Denken Sie: Es war fast November, nasskalt und der Dummkopf war nur mit seinen Sportsachen unterwegs, kurze Radlerhose und T-Shirt, sagten jedenfalls danach seine Vermieter aus. Wohin er fahren wollte, wussten sie nicht. Und an diesem Tag kam er nicht mehr zurück. Keiner hat ihn mehr gesehen. Das MB übrigens auch nicht. Weg, einfach weg."

Harrwitz verkniff sich die Bemerkung, dass der Vater vermutlich innerhalb der nächsten sechs Monate eine Mail oder Ansichtspostkarte von seinem Sohn bekommen werde, aus Ecuador – oder Kambodscha – oder Burkina Faso …

„Um auf Ihre anfängliche Frage zurückzukommen, Herr Harrwitz: Natürlich war ich bei der Polizei. Die hiesige hat meine Vermisstenanzeige aufgenommen und mir erklärt, dass sie nicht viel machen könne. Die Elsässer Polizei – ich sage Ihnen ..."

Senger nahm – ohne sein Befremden über den Becher, den ihm Harrwitz hingestellt hatte, ganz verbergen zu können – einen Schluck Kaffee. Ganz sicher merkt er, dass es einfacher Instant-Kaffee ist, dachte Harrwitz. Währenddessen schimpfte Senger über die elsässische Polizei.

„Unfreundlich, unkooperativ, arrogant, zutiefst desinteressiert, bürokratisch. Sie schienen mich nicht im Geringsten ernst zu nehmen und alle redeten Französisch wie die Wasserfälle, da konnte man ihnen hundert Mal erklären, dass man Ausländer sei und sie langsamer sprechen müssten. Nichts da, keine Rede, das ist unser Land, love it or leave it, vive la France! Dabei – einmal fühlten sich zwei dieser Sheriffs, dieser Karnevalsfiguren, unbeobachtet und parlierten ihr entsetzliches elsässisches Kauderwelsch, das man allerdings genauso wenig versteht. Gleichwohl – die Polizei konnte mir nicht weiterhelfen. Suchaktion im Gelände – keine Chance. Man wusste ja nicht einmal in etwa, wo man suchen sollte. Die Auswertung seines Laptops brachte auch nichts, man hüllte sich bei der Polizei in Schweigen; als man ihn mir zurückgab, war alles gelöscht. Aus Versehen, die haben sich dafür entschuldigt."

Das war wenig, Harrwitz wusste es. Weniger als wenig. Und er ahnte, was seine Aufgabe sein werde. „Sie wollen also ..."

„Dass Sie nach Ribeauvillé fahren und David suchen, ja. Irgendwo muss er doch sein!"

„Ja, kann ich machen, aber wie soll das organisatorisch... ?" Er hatte Hemmungen, das Wort „finanziell" an die Stelle von „organisatorisch" zu setzen, und ärgerte sich darüber.

Senger ließ ihn nicht ausreden. „Das ist alles schon geregelt. Sie beziehen Quartier in der 'Winstub Au Nid d'Aigle' in der Rue du Maire Dr. Ley, ich habe Ihnen dort ein Appartement reserviert und für eine Woche im Voraus bezahlt. Bei Rémy und Valérie Kempff. Nette, hilfsbereite Leute, sprechen tadellos Deutsch (Harrwitz atmete auf). Einfache, aber saubere Unterkunft. David hat dort auch gewohnt, gut drei Wochen lang. Im selben Appartement, das auch Sie beziehen werden.

Die Kempffs stellten ihm für sein Mountainbike – das war nicht ganz billig, müssen Sie wissen – eine Garage zur Verfügung. Eine Art Rumpelkammer, aber es war schon in Ordnung, David ist ja auch erst Student und Lehrjahre sind keine Herrenjahre, Sie wissen ja .... Übermorgen könnten Sie nach Ribeauvillé fahren und anfangen. Offiziell sind Sie ein Mitarbeiter des Lehrstuhls für mittelalterliche Geschichte der Universität Mannheim – der Juniorprofessor weiß Bescheid, falls jemand auf die Idee kommt, in der Uni nachzufragen.

Hier ist seine Visitenkarte. Hier die Adresse Ihrer Unterkunft; die Rue du Maire Dr. Ley ist eine kleine Seitenstraße der Grand'Rue, so ziemlich neben der Kirche, leicht zu finden. Und hier der Vorschuss für die erste Woche, 2000 Euro in bar, wenn Sie mir das bitte quittieren wollen; sollten Sie länger für Ihre Recherchen brauchen, so ist es auch kein Problem, lassen Sie es mich einfach wissen – hier ist meine Visitenkarte, Sie können mich rund um die Uhr anrufen."

„Manfred Senger, Unternehmensberater", stand in schlichter schwarzer Schrift auf der weißen Karte. Dazu eine Handynummer und die Adresse seines Büros im Stadtteil Niederfeld. Wo nicht gerade die Ärmsten der Armen wohnen, wie Harrwitz wusste. Und so langsam kam er zu der Einsicht, dass es das Schicksal mit ihm, dem Anfänger in diesem Metier, vielleicht doch nicht ganz so schlecht gemeint hatte, als es ihm gleich einen so zahlungskräftigen Kunden zugeschanzt hatte. Auch wenn er kaum eine Chance sah, diesen David aufzuspüren.

„Und hier ein Foto meines Sohnes."

Kaum aussagefähiger als ein Passfoto, auch wenn ein Teil des Oberkörpers noch zu sehen war.

„Hm – haben Sie nicht vielleicht ein besseres Foto?"

„Leider nein."

Ein junger Mann wie viele andere, schlank, nicht besonders sportlich, aber auch nicht gänzlich unsportlich, so genau sah man das auf dem Bild nicht, ausdrucksloses Gesicht, kurze, dunkle, offenbar gegelte Haare, dunkles T-Shirt, undefinierbare Farbe. Dunkelbraun? Dunkelviolett? Allenfalls oberflächliche Ähnlichkeiten mit seinem Vater, aber das mochte am Foto liegen. Der sprichwörtliche Mann ohne Eigenschaften. Bisschen wenig, um ihn zu finden wie die Stecknadel im Heuhaufen.

„Erzählen Sie mir doch von Ihrem Sohn! Je mehr ich weiß, desto besser."

„Wird in zwei Monaten 26, 1,78 m groß, schlank – das sehen Sie ja, den Rest auch. Was wollen Sie sonst wissen?"

„Ich möchte mir ein möglichst genaues Bild von ihm machen, ich möchte den Menschen David Senger sozusagen so kennen lernen, als würde ich ihn persönlich kennen, damit ich möglichst erfolgversprechend nach ihm suchen kann", erklärte Harrwitz geduldig und wunderte sich über seinen Wortschwall. Fast wie ein Profi, dachte er.

Zum ersten Mal zeigte Manfred Senger so etwas wie Gefühle. Und ausgerechnet jetzt musste Daisy wieder loskläffen. Harrwitz ertappte sich bei der Frage, ob Zwergschnauzer eigentlich so lange leben wie Schildkröten. Aber sein Besucher nahm keine Notiz von dem Lärm.

„Mein David ist ein toller Sohn. Der tollste, den ich mir nur wünschen kann. Übrigens auch mein einziger. Klar, wie schon gesagt, er redet nicht viel und ist ein bisschen verschlossen. Aber nicht dass Sie jetzt etwas Falsches denken, Herr Harrwitz!" Verwundert registrierte Harrwitz, wie bedacht sein Gegenüber war, nur ja keinen falschen Eindruck aufkommen zu lassen. „Er will halt seine Probleme selbst lösen – selbst ist der Mann! Allem feministischem Geschwätz zum Trotz! Dagegen ist doch nicht das Geringste einzuwenden, oder? Was meinen Sie, Herr Harrwitz?"

Harrwitz signalisierte mit einer möglichst knappen Handbewegung, dass er keinerlei Einwände hatte. Jedenfalls keine, die er gegenwärtig zur Sprache bringen wollte.

„Fleißig, beängstigend fleißig. Praktisch Tag und Nacht am PC. Kaum, dass er sich einmal Zeit für irgendwelche Freizeitbeschäftigungen nimmt, und wenn, dann ist er im Fitnessstudio oder, wie er sich ausdrückt, in der Muckibude. Jugendsprache eben ... Na, ja, mir wäre es lieber, er würde joggen, aber im Fitnessstudio hat er wenigstens etwas Gesellschaft. Um nicht völlig einzurosten, sagt er. Wenn sich die Möglichkeit ergibt, macht er auch gerne Touren mit dem Mountainbike, aber die Umgebung von Mannheim ist ihm dafür zu langweilig. Ansonsten: mit Kommilitonen arbeiten, arbeiten, arbeiten. Tag und Nacht arbeiten. Schon beeindruckend. Nicht mal Zeit für eine Freundin hat er. Ein richtiger Workaholic. Ganz der Papa, es ist doch klar, dass ich stolz ... Herrgott nochmal, wo steckt der Bursche denn bloß? Seit einem halben Jahr, da wird man ja verrückt ..."

Harrwitz merkte, dass es Senger jetzt doch schwer fiel, sich zusammenzunehmen. Aber ihm war auch klar, dass er kaum mehr über den Gesuchten wusste als zuvor.

Wie in drei Teufels Namen, so fragte er sich, sollte er den Bengel jetzt finden? Wohlweislich hütete er sich, diese Frage laut zu stellen. Nicht dass Senger noch einen Rückzieher machte, wenn er merkte, dass er es mit dem blutigsten aller Anfänger zu tun hatte. Besser einen solchen Auftrag annehmen, der zumindest eine Fahrt ins Elsass und für eine Woche oder zwei ein relativ angenehmes Leben versprach, als eines nicht mehr allzu fernen Tages doch noch Hartz IV beantragen zu müssen.

## Kapitel 2

Fast schon wollte in Ludwig Harrwitz die pure Urlaubsstimmung aufkommen.

Noch nicht, als er sich auf der deutschen Autobahn von Baustelle zu Baustelle und von Stau zu Stau quälte. Auch nicht, wenn er über den Fall grübelte, bei dem nichts, aber wirklich gar nichts zusammenpasste. Warum nur hatte ihm Manfred Senger so gar nichts Persönliches von seinem Sohn gezeigt? Nicht dessen Zimmer in der nicht ganz neuen, von außen etwas zerschlissen anmutenden Villa seiner Eltern – das sei längst umgeräumt und einen Teil der Einrichtung habe man vor kurzem entsorgt.

Harrwitz möge doch so freundlich sein, nicht zu den Sengers nach Hause zu kommen, Frau Senger gehe es nicht so gut. Auch nicht Davids PC, auch keine sonstigen Unterlagen. Ja, gab es denn in seinem Elternhaus gar nichts Persönliches mehr? David, so war Harrwitz beschieden worden, sei nach seinem Abitur ausgezogen. Wohin? Seine Studentenbude habe er vor einem halben Jahr gekündigt, er habe danach in einer WG zusammen mit zwei Kommilitonen gewohnt, wo jetzt auch seine wenigen Habseligkeiten (dabei schien der Vater doch Geld im Überfluss zu haben!) aufbewahrt würden. In einer Garage.

Adresse? Unbekannt, Senger habe nur eine Handynummer und eine Mailadresse seines Sohnes und das schien er als die normalste Sache der Welt anzusehen. Ob vielleicht nicht doch eine Frau – ? Unmöglich, Blödsinn, das würde sein Sohn nie – und so weiter. Eine Frau – nie? Ja, sei er denn – ?

„Nun werden Sie mal nicht unverschämt, junger Mann! Sie wissen doch ebenso gut wie ich, dass das, also das da rein genetische Ursachen hat! Und Sie wollen doch nicht etwa behaupten – ?“ Nicht doch, nicht doch!

Die normalste Sache der Welt wäre es gewesen, einen solchen Auftrag, bei dem der Auftraggeber so offensichtlich mit verdeckten Karten spielte, mit Dank abzulehnen, das war Harrwitz schon klar, als er die Zeit bis zu seiner Abfahrt für Recherchen zu nutzen versuchte. An einem Freitagnachmittag hatte ihn Manfred Senger besucht, am Abend war Harrwitz bei einem Glas Rotwein in seinem chaotischen Arbeitszimmer und während Daisys nächsten Tobsuchtsanfalls eingefallen, dass es ja wohl zu seinen elementaren Aufgaben gehöre, das private Umfeld von Senger junior zu durchkämmen. Um so viel wie irgendwie möglich zu erfahren, was ihm bei der Suche helfen könnte. Ergebnis: gleich null. Ein paar Informationen aus dem Internet über Ribeauvillé, etwa dass die Stadt auf Deutsch Rappoltsweiler und auf Elsässisch Ràpschwihr hieß – gut, aber was brachten die ihm?

Und nun fuhr er, so zügig es der Verkehr auf der A5 eben zuließ (und der ließ wie üblich nicht viel zu), Richtung Elsass, Richtung Ribeauvillé, ausgerüstet für einen längeren Aufenthalt, und kam sich ziemlich merkwürdig vor. Aber in seiner Brieftasche befanden sich gezählte 2000 Euronen minus des Betrags fürs Auftanken seines alten Corsa – da fragte er sich schon, ob nicht vielmehr Manfred Senger etwas merkwürdig war.

Nach einem nicht enden wollenden „Stop and Go“ konnte er nördlich des Kaiserstuhls die A 5 endlich verlassen, überquerte den Rhein, war in Frankreich und tauchte, das wurde ihm sofort bewusst, in eine ganz andere Welt ein.

Die Felder eigentlich nicht viel anders als drüben in Deutschland, dachte er, und doch – seltsam, hier schien alles eine Nuance betulicher zu gehen. Als sei die Zeit stehen geblieben. Ein Traktor, den er überholte: klein, veraltet, ganze Schwaden von Abgasen ausstoßend. Die Dörfer: bescheidene Einfamilienhäuser, wie man sie in Deutschland seit einem halben Jahrhundert nicht mehr baute, dazwischen viel ältere Bausubstanz. Und Fachwerk natürlich, das war allgegenwärtig. Überall blühte es, was der Mai hergab.

Und die Sonne schien! Drüben in Deutschland hingen immer noch dichte Wolken, die ihm auf der Autobahn den einen oder anderen Schauer beschert hatten, aber hier im Elsass war der Himmel plötzlich aufgerissen, strahlend blau, gleichsam blitzblank geputzt und alles wirkte freundlich. Auch der Gebirgsrand. Gut, um einige höhere Gipfel der Vogesen waberten Wolken, ziemlich dicke sogar, aber die muteten Harrwitz eher dekorativ an.

In Marckolsheim hatten Wegweiser, die zu einem Werk der Maginotlinie leiteten, noch an den letzten Krieg erinnert. Aber gleich darauf war alles so friedlich und freundlich, als hätte es nie so etwas wie Krieg gegeben. Elsenheim, Illhaeusern, Guémar – in aller Ruhe zuckelte und mäanderte er durch die Dörfer in der Rheinebene, auf den waldigen Gebirgsrand zu, der immer höher aufragte, überall geschmückt mit Burgen, wie sie ihn seit seiner Kindheit magisch anzogen.

So hätte die Fahrt ruhig noch stundenlang weitergehen dürfen. Er hatte die zu seiner Stimmung passende CD eingelegt: die Posthornserenade von Wolfgang Amadeus Mozart. Das Posthorn als Ausdruck von Reisefreude, von Unternehmungslust, von Fernweh. Nun, gut, Fernweh – er war ja nur im Elsass, nicht einmal drei Autostunden von Mannheim entfernt, und nicht in einem anderen Erdteil.

Aber alles um ihn herum vermittelte ihm das Gefühl, ganz weit weg zu sein. Weit weg von der trostlosen Mannheimer

Neckarstadt, von seiner schäbigen Wohnung, von dem plärrenden Kleinkind, der kreischenden Mutter, der neurotischen Daisy, von seinen wachsenden Geldschwierigkeiten.

Ja, er hatte bessere Zeiten erlebt und früher auch viele Reisen unternehmen können. Als Leiter von Bildungs- und Kulturreisen, organisiert von dem Reisebüro, bei dem er mehr als ein Jahrzehnt tätig war. Was waren das für tolle Reisen gewesen! Nach Italien, nach Griechenland, zu den Schlössern der Loire, nach Andalusien, in die Türkei! Bis dann vor drei Jahren das Reisebüro Knall auf Fall Insolvenz angemeldet hatte und er auf der Straße stand. Woher einen neuen Job nehmen, wenn man die Fünfzig überschritten hat?

Permanent schlechtes Gewissen, sparsames Leben, sparsame Wohnung, billiges Essen, billiger Rotwein. Termine bei der Jobagentur, die sich regelmäßig als pure Zeitverschwendung erwiesen. Warten auf ein akzeptables Jobangebot, von dem er wusste, dass es nie kommen werde, nicht in der Erwachsenenbildung, in der er früher zeitweise tätig gewesen war, in der aber jetzt rigoros gespart wurde, erst recht nicht in der Reisebranche.

Ein paar kurzzeitige, mies bezahlte Tätigkeiten; gerade, dass ihm die Arbeitsagentur keine Stelle als Rausschmeißer in einem Nachtclub anbot. Eines späten Abends die Schnapsidee mit den privaten Ermittlungen – komm mit mir, sagte der Esel, etwas Besseres als den Tod werden wir überall finden!

Die halbe Nacht Recherchen im Internet, um sich zu vergewissern, dass sich jeder in Deutschland Privatdetektiv nennen durfte, ohne besondere Ausbildung, auch wenn die Industrie- und Handelskammer Fortbildungsveranstaltungen für angehende Kaufhausdetektive anbot – geschenkt. Ein paar Hunderter für eine eigene Internetseite, darum war er nicht herumgekommen; die Seite hätte optisch wirklich ansprechender sein können, da musste er Senger widerwillig Recht geben, aber dafür war sie nicht so teuer.

Dass die Homepage seine Mailadresse und seine Telefonnummer enthielt, gefiel ihm ganz und gar nicht, aber er hatte keine Wahl gehabt. Gut, schließlich war www.ludwig-harrwitz.de fertig geworden und für eine gute Platzierung bei Google war auch gesorgt. Und danach? Mehrere Wochen keinerlei Resonanz bis auf zwei Anrufer, die offenbar nur neugierig waren oder ihn auf den Arm nehmen wollten.

Fast von einem auf den anderen Tag massenweise Mails, die ihm Kredite, Viagra, Kurzurlaube in Viersternehotels und liebebedürftige Damen anpriesen. Die seltsamen Blicke der Nachbarn, die ihn für komplett übergeschnappt zu halten schienen. Dann aus dem Nichts Manfred Senger. Und jetzt die Fahrt hierher ins Elsass. Ins Lieblingsrevier der deutschen Sonntagsausflügler.

Ribeauvillé – ein altes Weinstädtchen, oberhalb der Rebhänge steiler Wald, bizarre Felsen, gleich drei Burgen, eine verlockender als die andere, bald würde er sie erkunden, noch heute, wenn das Wetter hielt, wenn die dicken Wolken über den Bergen nicht weiter anwuchsen. Dazu war zwischen den Wolkenfetzen, hoch über den Burgen, noch ein waldiger Bergkegel auszumachen, eigentlich fast schon eine Bergspitze, alles überragend. In Wahrheit das südliche Ende eines kilometerlangen Waldkammes namens Taennchel, der, wie Harrwitz gelesen hatte, allerlei Geheimnisse verbarg, einen Steinwall, großspurig als Heidenmauer bezeichnet, riesige Wälder mit Sturmschäden, gewaltige Felsmassive, den Rocher du Géant, zu Deutsch Gigantenfels, die drei Großen und die Drei Kleinen Tische, den Rammelstein, den Echsen- oder Reptilienfels ... Da musste er doch eigentlich auch noch hinauf! Ob seine Zeit das wohl zuließ? Heute ging das jedenfalls nicht mehr – zu spät.

Unvermittelt fuhr es Harrwitz durch den Kopf: Von all der Pracht jetzt jemandem erzählen!

Bloß: Wem?

Klar, er war nicht immer alleine gewesen. Mit knapp dreißig eine Heirat ohne innere Überzeugung, weil „man" ja nicht ewig Single sein wollte, nach einigen Jahren dann die Scheidung. Davor und danach ein paar Beziehungen oder, besser gesagt, Affären, die nach ein paar Wochen oder allenfalls Monaten auseinandergingen, zu seiner Erleichterung ohne große Emotionen von Seiten der Damen. Und seit einem guten Jahrzehnt war er endgültig Single.

Endgültig?

Ein zutiefst überzeugter Single war er, wie er zuweilen betont hatte, recht energisch betont hatte, bis alle die, die ihn kannten, eingesehen hatten, dass man ihn mit diesem Thema besser in Ruhe ließ.

Völlig in Gedanken registrierte er zuerst gar nicht, dass es kurz vor dem Ortsschild von Ribeauvillé mit der zügigen Fahrerei vorbei war. Schon stand er wieder im Stau und es ging nur im Schritttempo vorwärts. Zu allem Überfluss meldete sich immer vernehmbarer sein Magen. Jetzt eine leckere Zwiebelsuppe! Warum bloß, dachte er, während er wartete, dass ein an einer extrem engen Parklücke manövrierender protziger BMW endlich wieder die Straße freimachte, warum bloß verbindet jeder das Elsass nur mit Fressen und Saufen? Nach langem Suchen und Hin- und Herfahren konnte er sich endlich in eine Parklücke kurz vor dem westlichen Stadtende quetschen.

Als erstes zur „Winstub Au Nid d'Aigle" in der Rue du Maire Dr. Ley. Sie war leicht zu finden, das wusste er, nur stellte der Weg durch die Altstadt seine Geduld auf eine harte Probe.

In Heerscharen von Besuchern, vorwiegend aus Deutschland, arbeitete er sich langsam vorwärts. Wie lange war er nicht mehr im Elsass gewesen! Auch wenn er ständig auf der Hut sein musste, nicht mit anderen Menschen zusammenzustoßen, die teilweise völlig gedankenverloren über das Kopfsteinpflaster der Grand'Rue trotteten, ohne Rücksicht auf Autos und andere Belanglosigkeiten – er konnte sich nicht satt sehen. Diese alten Fachwerkhäuser, grün, blau, bonbonrosa und in allen sonst nur denkbaren Farben verputzt – in Deutschland würde das als geschmacklos angesehen, aber hier … Und Blumen, überall Blumen: in Kästen an den Fenstern der meisten Häuser, an den Laternenmasten, in Kübeln auf dem Straßenpflaster.

Seltsam: viele freie Tische im ersten Restaurant, das er sah. Es war doch Mittagessenszeit und die Stadt war voller Ausflügler! Die Häuser in einer kleinen Seitenstraße schienen ihm weit weniger herausgeputzt, eigentlich schon verkommen; ihm war, als fehle an einer der Haustüren sogar der Metallbeschlag über dem Türschloss, aber das war ja unmöglich und gleich verdeckten ihm auch wieder die Menschenmassen die Sicht.

Gleich darauf ein Andenkengeschäft; im Schaufenster nicht nur Elsässer Störche aus Plüsch, sondern auch eine Art Weihnachtsdekoration, jetzt, Ende August. Es war auch am heutigen Sonntag geöffnet, zahlreiche Menschen drängten sich zwischen den Regalen, an der Kasse berechnete eine gelangweilt wirkende Verkäuferin gerade den Preis für ein paar Postkarten. Überhaupt die Bilder auf den Postkarten! Rezepte für Elsässer Sauerkraut, Flammkuchen oder Gugelhupf neben Motiven der Fachwerkstädtchen von der Weinstraße; die Krönung waren Karten, die mit dem Begriff „Ballon d'Alsace“ spielten – das französische Wort Ballon schien nicht nur die sanften Kuppen der Hochvogesen zu bezeichnen, sondern auch die ähnlich sanften weiblichen Rundungen, und so zeigte etwa ein Motiv eine barbusige Blondine in einem Storchennest.

Im nächsten Restaurant wieder viele freie Tische, neben der Speisekarte ein großes Schild mit den Worten „À vendre", „zu verkaufen", und einer Telefonnummer. Ein Blick auf die Speisekarte und Harrwitz war klar, warum so viele Plätze unbesetzt blieben – total überteuert. „À vendre" waren ebenfalls zwei wenig ansehnliche Häuser gegenüber, unmittelbar vor dem großen Torturm, durch dessen Öffnung die Grand'Rue führte.

Als nächstes ein geschlossener Döner-Imbiss, dann eine geöffnete Konditorei mit verführerisch aussehenden hausgemachten Pralinen, allerdings ohne Preisschild, und, kaum zu glauben, Kokosmakronen; auch hier am Eingang ein Pappplakat: „À vendre". Und gleich nach der Konditorei, wo sich die Grand'Rue zu einem kleinen Platz verbreiterte, erblickte Harrwitz zum ersten Mal die große Pfarrkirche und gleichzeitig auch das Straßenschild „Rue du Maire Dr. Ley". Wenige Augenblicke später stand er vor seinem Domizil mit dem ihm etwas deplatziert anmutenden Namen „Winstub Au Nid d'Aigle", „Zum Adlernest".

Ein eher kleineres Fachwerkhaus. Durchaus einladend, aber etwas zerschlissen; der hellblaue Putz blätterte an einigen Stellen doch stark ab. Alles an der Grenze von Urig-Rustikal zu Verkommen. Nur einige wenige Ausflügler hatten hergefunden und saßen im Gastgarten neben dem Haus auf uralten Gartenmöbeln wie aus den Sechzigern unter einer mächtigen Kastanie, zumeist vor Weißwein und Flammkuchen.

Ob es hier eine schöne Zwiebelsuppe gab?

Eine kleine, unscheinbar gekleidete Frau hatte sich eben noch, große Herzlichkeit ausstrahlend, mit einem Gast unterhalten, immer ein Lachen auf ihren faltigen Zügen; jetzt wischte sie einen freien Tisch ab, vielleicht eine Spur gebeugter als nötig und mit irgendwie völlig verändertem Gesichtsausdruck, der jetzt fast etwas Mausartiges besaß, aber Harrwitz konnte sich natürlich täuschen. Gemütlich war es hier, keine Frage. Friedlich-elsässisch eben, da nahm man eine gewisse Dosis Patina schon in Kauf. Eine Zeitreise in eine ruhigere, beschaulichere, friedlichere Epoche.

Jedenfalls, solange man sich die beiden an sich auch sehr netten Fachwerkhäuser gegenüber nicht zu genau besah. Auch sie hatten unverkennbar schon bessere Zeiten erlebt. Und ja, kein Zweifel: An der Haustür des einen kein Metallbeschlag. Beide Häuser „à vendre". Trotz aller nostalgischen Behaglichkeit: Wer kaufte solche Häuser, die unendlich viel Arbeit und immense Kosten verhießen? Zumal jetzt die Uhr der Pfarrkirche, keine 100 Meter entfernt, losdröhnte: schon zwei.

Überhaupt: Das alte Haus, das die „Winstub" beherbergte – das war doch keine Bleibe für den Sohn eines offenkundig sehr wohlhabenden, vor Selbstbewusstsein strotzenden Unternehmensberaters, der bereit war, Tausende springen zu lassen – nur auf die vage Hoffnung hin, ein Privatdetektiv aus einer schmuddeligen Wohnung in der Mannheimer Neckarstadt, der zufällig vor Jahrzehnten einmal Geschichte studiert hatte, werde diesen Sohn irgendwie schon wieder aufstöbern und zu Mama und Papa eskortieren! Den Sohn, dem doch höchstwahrscheinlich nur etwas Besseres eingefallen war, als sich im Touristenmagnet Ribeauvillé in einem verkommenen Stübchen einzuquartieren, um in alten Schriften herumzuschnüffeln! Unter der Aufsicht eines dominanten, alles wissenden, alles erklären könnenden Vaters, der so genau zu beurteilen vermochte, was sein fast 26-jähriger Sohn brauchte und was nicht!

Harrwitz ging in die Winstub. An der Tür zur Gaststube fehlte der Metallbeschlag.

# Kapitel 3

„Ah, voilà, Sie sind sicher Monsieur Harrwitz, Ludwig Harrwitz! Der Monsieur von der Universität Mannheim, der sich für unsere Chronik interessiert! Wir wissen Bescheid, Sie sind ja angemeldet! Ihr Appartement ist bereit für Sie. Herzlich willkommen, herzlich willkommen!“ Es fehlte nur noch, dass die kleine, unscheinbare Frau ihn umarmt hätte.

„Es freut mich, dass Sie hier sind, es ist eine Ehre für meinen Mann und mich, eine große Ehre ...“ Sie strahlte über ihr ganzes müdes, verbraucht wirkendes Gesicht. „Ich zeige Ihnen gleich Ihr Appartement, Monsieur – oder wollen Sie zuerst etwas trinken?

Gott, ihre Augen, ihre Augen – Harrwitz wurde das Gefühl nicht los, dass sie überhaupt nicht zu den Worten der Wirtin passten. Aber er konnte sich keinen Reim machen.

Ob er noch eine Kleinigkeit essen könne? „Mais bien sur, Monsieur, kein Problem!“ Gleich ging sie zur Küche – und ihr Gang! Verriet der nicht Müdigkeit, vielleicht sogar – Harrwitz zögerte in Gedanken – Angst?

Sie sagte etwas zu jemandem, der unsichtbar blieb. In völlig verändertem Ton. Eher leise, defensiv, wie es Harrwitz vorkam, als sei ihr schon klar, dass sie sich nicht nur ein Nein, sondern auch Ärger einhandeln werde. Diskutierte sie nicht halblaut mit jemandem? Ganz toll, Ludwig Harrwitz, du Möchtegern-Sherlock Holmes aus der Mannheimer Schmuddelecke, wirklich ganz toll, das geht schon gut los! Du hast noch gar nicht richtig angefangen mit deinem Job und schon siehst du überall Verdächtiges! Eine scheinbar total verängstigte Frau, die in Wirklichkeit einfach nur erschöpft und abgearbeitet ist, ein paar fehlende Metallbeschläge an den Türen – und schon spekulierst du weiß der Kuckuck was! Ja, glaubst du denn, hier wird gerade eine Kombination aus Stephen King und „Der Name der Rose“ inszeniert? Du hast doch wirklich nicht alle Tassen im Schrank!

„Es geht – wenn Sie gleich bestellen“, lautete ihr Bescheid. Ein bisschen kleinlauter als vorhin?

„Haben Sie vielleicht Zwiebelsuppe?“

„Aber sicher, Monsieur! Mit Baguette und Käse überbacken!“

Eine Viertelstunde später saß er vor einer vorzüglichen Zwiebelsuppe. Endlich wieder einmal, nach vielen Wochen oder gar Monaten! Bei den Wohlgerüchen dieser Suppe und beschwingt vom ersten Glas Riesling dachte er sich, dass das Single-Dasein auch seine guten Seiten hatte.

Zwei Stunden später hatte er gegessen, sein Auto herbeigeholt, sein Zimmer bezogen und beschlossen, zur Einstimmung erst einmal zu den Burgen hinaufzuwandern. Seine Wirtin hatte ihm beflissen den Weg erklärt; sein Kollege, der Monsieur Senger, sei alles mit dem Mountainbike gefahren, kaum ein Weg sei ihm zu steil gewesen, dabei sei das Wetter letzten Oktober, als er hier gewesen sei, doch wahrlich nicht gerade einladend gewesen. Harrwitz hatte wahrheitsgemäß erwidert, dass er das Gehen vorziehe. Und mit dem Wetter, fügte er verbindlich hinzu, werde er hoffentlich mehr Glück haben, andernfalls werde er sich beim Touristenbüro beschweren.

Zahlreiche Sonntagsausflügler rannten, krochen oder keuchten zur Burgruine St. Ulrich hinauf, ein mindestens 60-Jähriger joggte barfuß und mit freiem Oberkörper an ihm vorbei und schnaufte wie ein Walross. Eine Familie mit einem Kinderwagen überlegte ärgerlich, ob der Weg auch für sie machbar sei. Das war er keineswegs, er wurde zunehmend ruppiger, führte über Stock und Stein, überwand sogar eine felsige Passage und machte Harrwitz riesigen Spaß. Wenn nur die Wolken nicht so rasant zugenommen hätten!

Als er den Turm der Ruine St. Ulrich bestieg, hatte er kaum Sicht. Das Städtchen tief zu seinen Füßen war noch erkennbar, Teile der Rheinebene lagen nach wie vor in der Sonne, aber keine fünfzig Höhenmeter über ihm hing bereits eine dichte Wolkendecke.

Welcher Teufel ritt ihn, nicht schnellstens ins Tal abzusteigen, sondern dem Wegweiser Richtung Notre-Dame-de-Dusenbach zu folgen? Es war pure Neugier, Neugier auf einen Wallfahrtsort, den er vor zwei Tagen nicht einmal dem Namen nach gekannt hatte und der in seinem Fall ja immerhin indirekt eine Rolle zu spielen schien. Objektiv konnte er von seinem Weiterweg nichts erhoffen, allenfalls eine kräftige Dusche und, wenn er Pech hatte, Blitz und Donner. Ob dagegen sein kleiner Regenschirm, den er vor kurzem zum Preis von genau 3,99 Euro erworben hatte, etwas ausrichten konnte?

Erst einmal hüllten ihn die Wolken ein. Unglaublich, wie schnell die sich ausbreiteten! Trotzdem: Es war schon ein eigenes Gefühl, so im Nebel in diesem düsteren Bergwald. Zudem mutterseelenallein – keine Sonntagsausflügler mehr, denen war das Wetter wohl nicht geheuer oder sie hielten die Zeit für Kaffee und Kuchen für gekommen. Vor einiger Zeit hatte er in einem Artikel über irgendein deutsches Mittelgebirge ein Zitat des Malers Caspar David Friedrich gelesen: „Wenn eine Gegend sich in Nebel hüllt, erscheint sie größer, erhabener und erhöht die Einbildungskraft gleich einem verschleierten Mädchen.“ Einbildungskraft – das war nun allerdings das Letzte, das er jetzt brauchen könnte. Oder vielleicht doch?

Als ob man eine Dusche aufdrehte, begann es plötzlich zu gießen. Gleich danach folgten Blitz und Donner. Harrwitz öffnete seinen kleinen Schirm, aber der half kaum gegen die von allen Seiten auf ihn niederprasselnden Wassermassen, außerdem blieb er ständig an irgendwelchen Zweigen hängen. Aber diese geheimnisvolle Stimmung! Eigenartig, wie im Nebel und Platzregen alles seinen Charakter von Grund auf veränderte. Von weitem sah jeder Baum wie ein lebendes Wesen oder wie ein Kunstwerk aus, und wenn man näher kam, war es eben doch wieder nur ein Baum, triefend vor Nässe. Harrwitz hätte jetzt meditieren können, philosophieren, tiefgründige Gedichte schreiben: „Schon stand im Nebelkleid die Eiche, ein aufgetürmter Riese, da ..." oder „Seltsam, im Nebel zu wandern!" Aber er war einfach nur nass bis auf die Haut.

Die Wallfahrtskapelle Notre-Dame-de-Dusenbach, bei diesem Wetter ein düster, reichlich klobig anmutender Bau, nahm er erst wahr, als er unmittelbar davorstand, erschreckend wie über ein zu Stein gewordenes Monster. Nichts wie hinein! Hauptsache, ein Dach über dem Kopf! Auch wenn er einige Augenblicke brauchte, bis er sich in dem finsteren Kirchenschiff orientieren konnte. Ein paar Dutzend von Pilgern gestiftete Kerzen waren keine Lichtquellen, sondern allenfalls klägliche Lichtpunkte in der Finsternis. Allmählich gewöhnten sich seine Augen an die Dunkelheit und er nahm Einzelheiten wahr. Viel freundlicher wurde die Kirche dadurch allerdings nicht. Sie war leer, über Lautsprecher ertönten gregorianische Mönchsgesänge. Düster, bedrohlich. Verdammt, Harrwitz, reiß dich zusammen und phantasiere nicht herum, fuhr er sich innerlich an.

Plötzlich eine Stimme, wenige Meter von ihm entfernt; sie sagte etwas auf Französisch. Kein Zweifel, Harrwitz war gemeint, sonst war ja niemand da. Ein finsterer Mönch in einer gewaltigen Kutte, die Kapuze über das halbe Gesicht gezogen – aber nein, Unsinn, ein Wandersmann wie er selbst, der einen weiten Regenponcho trug und Schutz vor dem Unwetter suchte. In der düsteren Kirche sah man kaum mehr als Umrisse. Mit seinem arg verkümmerten Französisch-Wortschatz versuchte er ihm klarzumachen, dass er ihn nicht verstand.

„Ich sagte gerade: Da haben Sie sich aber ein interessantes Wetter für Ihre Wanderung ausgesucht!", sagte der andere in völlig akzentfreiem Deutsch.

„Ah, Sie sind Deutscher!"

„Ich bin Europäer!", erklärte der Fremde."

„Ja, klar", sagte Harrwitz, „das sind wir doch alle! Aber Ihr Deutsch – ich höre keinen elsässischen Akzent ..."

„Doch, ich bin Europäer!"

Schlagartig wurde Harrwitz ein Nachteil seines neuen Berufs klar: die Notwendigkeit, sich freundlich und notfalls ausgiebig mit Hinz und Kunz zu unterhalten, auf die vage Chance hin, etwas Verwertbares zu erfahren. In seinen Reisegruppen waren die Leute wenigstens interessiert und gebildet gewesen ...

„Aber", fragte er irritiert, „Sie kommen doch sicher nicht von hier?"

„Meine Eltern haben ihr ganzes Leben in Deutschland verbracht", bequemte sich der andere endlich zu sagen, fast, als müsse er sich für seine Eltern entschuldigen. „Und Sie haben heute einen Ausflug nach Ribeauvillé gemacht?"

„Nein, ich – mache ein paar Tage Urlaub hier."

„Wo wohnen Sie denn?"

„Im 'Au Nid d'Aigle'“, antwortete Harrwitz schnell. Im nächsten Augenblick hätte er sich in den Allerwertesten treten können. Altes Plappermaul! Was ging diesen Typen das überhaupt an? Jetzt seine Ruhe haben …

„Ich kenne das, ein sehr empfehlenswertes Restaurant“, sagte der Fremde. „Das Appartement mit allem Komfort. Da sind Sie sehr gut untergebracht. Auch wenn einem die Wirtsleute etwas seltsam vorkommen mögen – die sind in Ordnung und geben sich viel Mühe. Coq au Riesling, also Hahn in Rieslingsoße, müssen Sie dort unbedingt probieren. Wie lange bleiben Sie denn?“

„Weiß ich nicht genau“, sagte Harrwitz ehrlich. Im nächsten Augenblick ärgerte er sich entsetzlich. Wie, verdammt und zugenäht, konnte man diesen lästigen Typen bloß loswerden? „Ich muss dann mal so langsam wieder los“, sagte er. „Sonst wird's zu spät. Tschüss, schönen Tag noch, hat mich gefreut!“

Der Fremde schien keine Miene zu verziehen. „Mich auch!“

Wütend stapfte Harrwitz hinaus ins Unwetter.

# Kapitel 4

„Do sìn ìhr jo ìn a scheens Sauiwatter komma !"

Triefend vor Nässe stand Harrwitz auf der Treppe zu seinem Appartement. Gott sei Dank, wenigstens ein Dach über dem Kopf!

„Rémy Kempff, bonjour, Monsieur! Meine Frau hat mir schon erzählt ..."

Um die Füße von Ludwig Harrwitz bildete sich ein kleiner See. Schuldbewusst blickte er hinab.

„Das ist kein Problem, Monsieur, meine Frau wischt das weg. Lassen Sie sich nicht aufhalten! Sie wollen sicher etwas Trockenes anziehen."

Harrwitz verschloss sich in seinem Zimmer und pellte sich fröstelnd aus den nassen Kleidungsstücken.

Nun kannte er also auch den Chef, den Patron, wie man hier sagte. Ungefähr sechzig Jahre alt, eher klein, eher gedrungen. Freundlich, sehr freundlich. Aber merkwürdig, auch mit ihm stimmte irgendetwas nicht. Oder lag das nur am dämmrigen Licht im Treppenhaus? War Rémy Kempffs Gesicht wirklich leicht rötlich angelaufen? War er wirklich leicht nach vorne gebeugt? Als sei er jederzeit bereit, einen Widersacher anzuspringen wie ein Kampfhund?

Erst jetzt wurde Harrwitz deutlich, in was für einer schäbigen Absteige er da gelandet war. Appartement mit allem Komfort, hatte der schwafelnde Wanderer in der Wallfahrtskirche gesagt – ha, ha! Ein mittelgroßes Zimmer, zwei winzige Fensterchen, die kaum Licht hereinließen. Ein altes, breites französisches Bett – okay, mehr als genug Platz für eine

Person. Ein ebenso alter Kleiderschrank, dessen Tür immer einen Spalt offen stand, weil das Schloss längst herausgebrochen war, und der zudem halb gefüllt mit Bettwäsche der Wirtsleute war.

Gut, Harrwitz hatte ja Bescheidenheit gelernt und konnte notfalls auch einmal aus seinem Koffer leben. Aber statt eines Nachttischs nur ein uralter, primitiver Stuhl neben dem Bett! Am Schreibtisch kaum genug Platz zum Sitzen! Die Duschkabine nachträglich unter die Dachschräge eingebaut; er hatte den Eindruck, sie werde sofort umkippen oder zusammenfallen, wenn er sich gegen die Wände lehnte. Die Toilette auf dem Flur. Eine winzige Kochecke, die Harrwitz – das nahm er sich jetzt schon vor – erst dann benutzen wollte, wenn er die teuren Restaurantpreise von Ribeauvillé nicht mehr bezahlen konnte.

Immerhin: Er kam mit seinem Laptop ins Internet, die Kempffs hatten ihm einen Zettel mit den Zugangsdaten hingelegt. Mühe gaben sie sich, das ja. Aber erst einmal duschen, da wollte er jetzt nicht über die restliche Einrichtung jammern, auch wenn er sich in der Duschkabine gleich den Kopf an der Dachschräge anrannte. Die passende Wassertemperatur einzustellen, ohne sich zu verbrühen oder unter einem eisigen Wasserstrahl zu erfrieren, war Millimeterarbeit.

Und es ging und ging ihm nicht aus dem Kopf, wieso David Senger sich mit einem so erbärmlichen Quartier hatte begnügen müssen.

Zum Abendessen ging er in die Gaststube. Die Kempffs begrüßten ihn freundlich.

„Haben Sie sich schon etwas eingelebt?“

„Was möchten Sie denn essen?“

Monsieur Kempff erklärte ihm, Coq au Riesling gebe es hier nicht.

„Das überrascht mich jetzt, es ist mir gerade bei Ihnen empfohlen worden ..."

„Nein, haben wir nicht." Monsieur Kempff wirkte fast etwas brüsk. „Aber schauen Sie, hier ist die Karte ..."

„Ihr Kollege hat sich meistens selbst gekocht, er hatte anscheinend nicht viel Geld ..."

„Meine Frau hat ihn ins Herz geschlossen, sie hat ihm immer mal wieder etwas zugeschoben."

Bereitwillig nahm Harrwitz das Angebot an, über David Senger zu sprechen.

„Fleißig, sehr, sehr fleißig. Vorbildlich, da sollten sich mal unsere jungen Leute … Er arbeitete meistens bis in die Nacht hinein. Kein Alkohol, keine Mädchen, er fuhr nur ab und zu mit seinem Mountainbike herum, bis auf die höchsten Gipfel fuhr er, überhaupt war er ausgesprochen sportlich."

So war er Harrwitz auf dem Foto gar nicht erschienen. Aber war das unterdrückter Zorn auf dem Gesicht von Monsieur Kempff?

„So sportlich auch wieder nicht", sagte der Wirt ein wenig schnell. „Und ich bin sicher, er hat das Rad irgendwo stehen lassen und ist zu Fuß weitergegangen. Wenn er sich nicht ins Gras gelegt hat."

„Ich bitte dich, Rémy – Ende Oktober – ?"

„Ein Glück, dass ihm niemand das teure Mountainbike gestohlen hat", sagte Harrwitz.

„Hier wird nicht gestohlen! Hier passiert nichts. Höchstens oben ..." Monsieur Kempff stockte

„Wo oben, was oben?", fragte Harrwitz.

„Ach, mon dieu, nicht so wichtig … Machen Sie sich keine Sorgen, Monsieur, Sie dürfen nur nichts Wertvolles offen im

Auto liegen lassen – das ist hier wie überall. Wie sagt man? Gelegenheit macht Diebe."

„War Monsieur Senger auch auf dem Taennchel? Da wollte ich auch mal hinauf ..." Harrwitz dachte an die vielen Felsen, die ihn schon lockten.

„Der Taennchel ist ein sehr schöner Berg ..."

„Ach, was, Valérie, da haben wir hier im Elsass Besseres. Viel Besseres, Monsieur Harrwitz! Und in letzter Zeit ..."

„Bist du da nicht zu streng, Rémy?" Madame Kempff schien Harrwitz noch um eine Nuance gebeugter.

„Du weißt doch selber, l' asile d'aliénés!"

„Was, bitte?" Harrwitz hatte den Ausdruck nicht verstanden.

„Was möchten Sie denn essen, Monsieur?", fragte die Wirtin, gebeugt, gleichsam in sich selbst zurückgezogen – oder sah Harrwitz schon wieder Gespenster?

„Wenn es Ihnen nichts ausmacht, eine hausgemachte Pastete – nein, lieber wieder eine Zwiebelsuppe. Die war ja wirklich phantastisch."

„Merci beaucoup, Monsieur, sehr freundlich ..."

„Dann die Kalbsnieren in Senfsoße ..."

„Gerne, Monsieur. Sehr gerne! Ich gehe gleich in die Küche."

„Aber was haben Sie da eben – ?"

„Asile d'aliénés!", ertönte eine Stimme von einem Tisch in einer Ecke. „Hat nichts mit Aliens, also mit Außerirdischen zu tun, auch wenn das viele Leute hier anders sehen. Asile d'aliénés bedeutet Irrenhaus. Kein sehr freundlicher Ausdruck und so ist es auch gemeint."

Harrwitz brauchte einen Augenblick, um den Wanderer aus der Wallfahrtskirche wiederzuerkennen; er identifizierte ihn eher an der Stimme. Jetzt sah er ihn ohne Regenumhang: Mitte dreißig, vielleicht ein bisschen übergewichtig, das ja, aber das Gesicht wirkte ausgesprochen dick und pausbäckig, nein, hamsterbäckig und irgendwie verschlossen. Vor ihm stand ein giftgrünes Getränk.

„Da sind Sie ja doch noch heruntergekommen, ohne vollends aufzuweichen! Und nach diesem Horrorerlebnis noch eine kleine Dosis Elsässer Butzenscheibenromantik?"

Monsieur Kempff verschwand in seiner Küche.

„Wollen Sie nicht bei mir Platz nehmen? Es würde mich freuen."

Harrwitz fand keine Ausrede. Andererseits wurde er auch neugierig. Was wollte dieser Mensch überhaupt von ihm?

„Aber hier gibt es doch gar keine Butzenscheiben ..."

„Ach, was", sagte der Fremde, „das war nur symbolisch gemeint. Pars pro toto, wenn Sie das verstehen. Das Elsass ist schon merkwürdig und die Elsässer sind noch viel merkwürdiger. Dass sich die Welt, die Rebsorten ihrer Weinberge und der Kaloriengehalt ihres Essens ändern könnte, das akzeptieren sie nicht und also gibt es das nicht. Eher wandelt sich der Vatikan als das Elsass."

Harrwitz unterbrach den Redefluss.

„Wie ist eigentlich Ihr Name? Meiner ist Ludwig Harrwitz, ich bin –"

„Historiker von der Universität Mannheim, ich weiß. Mein Name? Carsten Walter, Waltäär, Wolter"– er ließ es sich als überzeugter Europäer nicht nehmen, seinen Namen gleich deutsch, französisch und englisch auszusprechen.

So langsam fragte sich Harrwitz, was dieser Herr Walter noch von ihm wusste.

„Sie sind hier ja wohl nicht in Urlaub ..."

„Stimmt, sonst würde ich nicht so über die lieben Elsässer herziehen. Diese geldgeilen Säcke, Rieslingschlotzer und Schwadronierer vor dem Herrn. Reaktionär vom Kopf bis zu den Schweißfüßen. Das Einzige, bei dem sie nicht konservativ sind, ist ihr elsässischer Dialekt. Der ist nur noch eine Art Folklore, Touristenattraktion, wenn überhaupt. Und hier im Grenzland ..."

„Sie arbeiten hier?" Harrwitz vermutete schon, wo.

„Ja, ganz genau, lieber Herr Harrwitz. Ich bin Irrenhauswärter!" Das sagte er, ohne eine Miene zu verziehen, etwas lauter, offenbar, um Madame Kempff zu provozieren, die Harrwitz gerade die Zwiebelsuppe und eine Karaffe Riesling brachte.

„Jetzt wollen Sie wissen, was es mit diesem so genannten Irrenhaus auf sich hat, denn ihr Historiker interessiert euch ja nicht nur für Geschichte, sondern auch für Geschichten! Also Sie sind herzlich willkommen bei uns!"

Harrwitz zwang sich zu einem kleinen Lachen.

„Im Ernst, wenn Sie uns einmal besuchen wollen ... Also, das ist eine Einrichtung eines Vereins, der sich um junge Menschen zwischen 14 und 28 bemüht, die entweder psychische Probleme haben oder aus schwierigen familiären Verhältnissen kommen, teilweise sind sie auch mal mit dem Gesetz kollidiert. Gegen eine solche Einrichtung ist doch, verdammt nochmal, nichts einzuwenden! Aber für die Dumpfbacken an ihren elsässischen Stammtischen sind wir eben ein Irrenhaus. Schmeckt es denn?"

„Ja, ja ... Mit dem Coq au Riesling haben Sie aber daneben gelegen."

„Vor einem Jahrzehnt etwa hat unser Verein oben auf dem Taennchel ein Haus samt Grundstück erworben, ein aufgelassenes, ziemlich marodes Bergbauernhaus auf einer verwilderten Wiese. Das haben die mit einem Irrsinnsaufwand wieder instand gesetzt und führen es jetzt als Bauernhof, so gut es eben geht. Wir haben Kühe, Schweine, Hühner, Gänse, Schafe, einen Hund und genau vierzehn Bewohner, die der

Verein hinaufgeschickt hat. Dazu noch vier Sozialpädagogen, einer von denen bin ich.

Und da immer wieder auch Wanderer hinaufkommen, bieten wir auch einfache Speisen und Getränke an. Speck, den unvermeidlichen Münsterkäse mit und ohne Kümmel und manchmal auch Speckomelette. Keinen Alkohol. Alkohol ist vollkommen tabu bei uns und das verzeihen diese Säufer hier unten uns nie. Deshalb sind wir für die eben ein Irrenhaus."

„Het's Èich gschmeckt, Monsieur Harrwitz?" Unbemerkt war die Wirtin an den Tisch getreten, kaum dass Harrwitz den letzten Bissen seiner Vorspeise in den Mund gesteckt hatte.

Monsieur Kempff ließ sich nicht blicken.

„Sag ich's doch: Elsässisch als Touristenanimation. – Unser Haus nennt sich Auberge-Ferme du Taennchel. Ferme-Auberge, also Bauerngasthof, dürfen wir uns nicht nennen, dazu braucht man eine bestimmte Lizenz, das ist ein geschützter Begriff, also Auberge-Ferme. Oder zu Deutsch einfach Taennchelhof. Liegt südlich unterhalb der Trois grandes Tables, der Drei Großen Tische, das ist ein Felsmassiv am Kamm. Bei den Felsen ist ein Wegweiser aus Holz – wenn er nicht gerade wieder mal geklaut ist."

Harrwitz dachte daran, dass es sich für einen Historiker wohl gehöre, Fragen über seine Arbeit zu stellen. Wohin er sich denn wenden, wer ihm weiterhelfen könne?

„Wer Ihnen weiterhelfen soll?" Wieso jetzt der Hang zur Ironie?, fragte sich Harrwitz.. „Also zuerst natürlich der Pfarrer, Monsieur Muller. Der hilft Ihnen gerne, obwohl –"

„Ja?"

„Lassen wir das. Mit dem Vikar René Renaud werden Sie ja nichts zu tun haben … Ja, und dann sollten Sie sich natürlich an den Leiter des Touristenbüros wenden. Nicht dass der

Ihnen viel weiterhelfen könnte, aber er hält sich für äußerst wichtig und wäre beleidigt, wenn man ihn überginge. War schon zweimal für längere Zeit krank, Krebs, kam aber überraschenderweise immer wieder zurück. So ein Stehaufmännchen! Der verlässt sein Büro nur mit den Füßen voran, so einer ist das. Schon interessant, so etwas zu beobachten, wie einer mit allen Fasern an seinem bisschen Leben hängt."

Und du Neunmalklug?, fragte sich Harrwitz.

„Wie gut haben Sie denn meinen Kollegen Senger gekannt?"

„Flüchtig vom Sehen, er wollte mal zu uns hoch, aber dazu ist es dann nicht mehr gekommen ..."

Madame Kempff kam mit einer neuen Karaffe Riesling. Ihr Mausgesicht verriet keine Regung.

„Sein Verschwinden soll ja etwas merkwürdig gewesen sein, jedenfalls ist das bei uns in Mannheim so rübergekommen ..."

„Ich habe davon gehört, ja."

„Und Sie wissen nichts? Nicht die leiseste Ahnung?"

„Sie könnten Detektiv sein, wertester Herr Harrwitz!"

„Ach, was – er hat nur –" Harrwitz nahm einen Schluck Wein, um Zeit zu gewinnen, obwohl er nur wenige Augenblicke vorher sein Glas vom Mund abgesetzt hatte. Walter schien sein Gesicht zu einer leisen Andeutung eines Grinsens zu verziehen, aber Harrwitz konnte sich auch täuschen..

„Er hat noch Bücher von der Uni, die wir gerne mal wieder zurück hätten, ziemlich wertvolle Stücke, die bekommt man heute kaum noch zu kaufen", sagte Harrwitz, innerlich aufatmend.

„Ach, so, dann verstehe ich Ihre Frage natürlich vollkommen." Walter schaute undurchdringlich.

„A güeter Àppatit!" Madame Kempff servierte die Kalbsnieren und brachte Walter noch ein grünes Getränk..

„Nein, ich weiß nichts. In schlechten Krimis käme in solchen Fällen – natürlich nur von wirklichen Kriminalkommissaren und Detektiven – jetzt die Frage, ob mir etwas aufgefallen sei.“ Walter schien belustigt. „Diabolo kennen Sie? Klare Zitronenlimonade mit Sirup. Ich mag ihn am liebsten mit Pfefferminzsirup. Sehr erfrischend.“

Er nahm einen kräftigen Schluck und stellte sein Glas behutsam auf den Bierdeckel zurück. Dann sagte er fast beiläufig: „Nein, ich habe keinerlei Erklärung für sein Verschwinden, wie Sie es nennen. Keine Ahnung.“

Als sich Harrwitz zurückziehen konnte (Dessert und Kaffee ließ er aus, weil er endlich seine Ruhe vor Carsten Walter haben wollte), hätte er sich am liebsten gleich schlafen gelegt. Stattdessen warf er noch einen Blick in seine Mails. Das Übliche: massenweise Werbung für Kredite, Kurzurlaube oder Viagra – selber schuld, wenn der Herr Privatdetektiv in Facebook seine Mailadresse veröffentlicht, dachte er. Aber er fand auch eine Nachricht mit folgendem Text:

„Go home or there will B lots of trouble 4 U.“

Gerade eben abgeschickt. Die E-Mailadresse nicht zuzuordnen.

Einen Augenblick brauchte er, um den Sinn zu erfassen; er schaffte es, indem er sich den Satz laut vorlas. Dann verstand er sofort:

„Geh nach Hause oder du wirst eine Menge Ärger bekommen!“

# Kapitel 5

Harrwitz schlief, wie man eben so schläft in dieser Situation. Der Magen zu voll, das Bett zu alt, die Matratze zu weich, die Decke zu schwer, die Luft zu schwül. Und zu alledem dann noch die ominöse Mail. Keinen halben Tag war er hier und schon wurde er bedroht. Von wem? Ihm fiel nur Carsten Walter ein. Dem traute er ein solches Geschreibsel sofort zu, auch sprachlich. Nur warum, um alles in der Welt? Was wollte dieser Walter von ihm? Hatte er Dreck am Stecken? Aber jemand anderes kam ja wohl nicht in Frage. Wer kannte ihn denn hier sonst noch? Die Kempffs? Blödsinn! Obwohl ...

Jede Viertelstunde dröhnte die Kirchturmuhr durch die Nacht und ließ ihn wieder hochschrecken, wenn ihn das gleichmäßige Rauschen des Regens hatte wegdämmern lassen.

Das Frühstück hatte er für halb neun bestellt; ab sechs Uhr wälzte er sich wach in seinem knarrenden Bett und überlegte ständig hin und her, in was für eine Situation er da eigentlich geraten war. Braute sich denn tatsächlich eine Gefahr zusammen? Inzwischen war er soweit, sich zu verfluchen. Er hätte auf Sengers Geld und überhaupt auf seine blödsinnige Idee mit den privaten Ermittlungen pfeifen und notfalls eben Hartz IV beantragen sollen.

Aber verdammt nochmal, jetzt war er hier und wollte sich nicht gleich von der erstbesten anonymen Mail einschüchtern lassen.

Kurz vor sieben Uhr läuteten sämtliche Kirchenglocken zur Frühmesse, was das Zeug hielt.

Dann schlief er doch noch einmal ein, träumte wirres Zeug, an das er sich danach nicht erinnern konnte, und wachte auf, als er die Kirchturmuhr halb schlagen hörte. Ein Blick auf den Wecker und er erschrak: Halb zehn! Das durfte doch nicht wahr sein!

Notdürftig frühstücksfertig machen, dann runter in die Gaststube. In Gottes Namen unrasiert, das würde mal schlimm sein.

Irgendwo im Haus fuhr eine Tür zu.

Höflich entschuldigte er sich bei Madame Kempff für seine Verspätung, und dabei fiel ihm auf, dass sie bedrückt wirkte. Jede ihrer Bewegung verriet eine innere Unsicherheit. Oder bildete sich Harrwitz das nur ein?

Ob vielleicht ihr jähzorniger Mann – ? Aber war er überhaupt jähzornig? Verflucht, man kam schon so weit, dass man überhaupt niemandem mehr traute und von jedem Menschen auf der Welt gleich das Allerschlimmste annahm. Selbst in diesem beschaulichen Elsass!

Er zwang sich, planmäßig vorzugehen. Es hatte ja überhaupt keinen Zweck, die wildesten Spekulationen anzustellen, Verschwörungstheorien zu schmieden, er wusste ja noch so gut wie nichts!

A propos wissen: Warum nur, fragte er sich voller Ärger, hatte er diesen schwatzhaften Carsten Walter gestern Abend nur nach dem Verschwinden David Sengers gefragt, aber keine anderen Fragen zu David gestellt? Hatte Walter ihn nicht längst durchschaut, sich sogar über ihn amüsiert? Wusste er nicht ungleich mehr, als er sagte? Aber was hätte er denn geantwortet? Doch nur das, was er sagen wollte! Das lag doch auf der Hand!

Trotzdem: Sein Vorgehen gestern war einfach anfängerhaft gewesen – sofern man überhaupt von Vorgehen reden konnte. Wie ein Tanzbär hatte er sich am Nasenring durch die Manege führen lassen! Einem Routinier wäre das nicht passiert.

Nicht einmal der Frühstückskaffee wollte ihm schmecken.

Als Harrwitz seine Unterkunft verließ, regnete es noch immer. Völlig klar, dass an diesem schmuddeligen Montagvormittag so gut wie keine Ausflügler gekommen waren. Einige wenige Einheimische unter ihren Regenschirmen. Die Souvenirläden warteten vergeblich auf Kundschaft, die meisten Restaurants blieben montags ohnedies geschlossen, die Müllabfuhr war unterwegs. Alles triefte vor Nässe. Eine triste Provinzstadt wie tausend andere, schmuddelig, halb eingeschlafen, Fachwerk hin oder her. Er beeilte sich, zum Touristenbüro zu kommen. Kein ganz kurzer Weg, mehrere hundert Meter hatte er der Grand'Rue zu folgen..

Als er das erste Haus ohne Metallbeschlag an der Tür erblickte, stutzte er und trat näher. Auch die Namensschilder und die Klingelknöpfe an der Haustür waren weg.

Zwei Häuser weiter dasselbe Bild. Ein paar Einheimische standen unter Regenschirmen und schimpften.

„Incroyable ..."

Ja, unglaublich. Wer machte so etwas, wie kam man auf solche irrwitzigen Ideen? Und er fragte sich, ob er jetzt schon den Bezug zur Realität verlor, indem er alles und jedes auf seinen Fall bezog.

Auf seinem Weiterweg kam er noch an mehreren Haustüren vorbei, an denen alles Metall entfernt worden war. Und er sah mehr als ein halbes Dutzend Häuser, die zum Verkauf angeboten wurden. Zwei oder drei Läden standen leer.

Auch im Office de Tourisme war nicht viel Betrieb. Ein einzelner Ausflügler beim hoffnungslosen Versuch, sich auf Englisch zu verständigen. Dann war Harrwitz an der Reihe. Ob er den Leiter des Touristenbüros sprechen könne?

Ein hagerer, eigentlich krankhaft hagerer älterer Mann kam aus einem Büro. „Sind Sie der Leiter des Office de Tourisme?", fragte Harrwitz auf Französisch. „Le président, Monsieur!", lautete die Antwort. „Aber Sie können ruhig deutsch reden. Wie kann ich Ihnen helfen?"

Er nannte nicht seinen Namen.

„Ich hätte ein paar Fragen – es könnte ein bisschen länger dauern ...", begann Harrwitz.

„Oh, das ist kein Problem, Monsieur, heute nicht. Bei diesem Wetter. Möchten Sie vielleicht in meinem Büro Platz nehmen? Natalie, bringen Sie uns zwei Milchkaffee?"

Monsieur le président bewegte sich in seinem Reich mit großer Selbstsicherheit. Hier war er zu Hause, das spürte man.

Harrwitz erklärte ihm sein Anliegen: dass er Historiker an der Universität Mannheim sei und die Arbeiten seines Kollegen Senger fortsetzen und zu einem Ende bringen wolle. Sofort hatte er den Eindruck, dass der Präsident ein wenig auf Distanz ging.

„Schauen Sie, Monsieur Harrwitz, ich will ehrlich zu Ihnen sein. Wir mögen solche Leute hier nicht so gerne. Das hat nichts mit Ihnen zu tun, absolut nichts. Aber wissen Sie, wir leben hier vom Tourismus. Negative Berichte in der Presse wollen wir auf jeden Fall vermeiden."

In Harrwitz keimte ein Gedanke, den er sofort abwehrte. Nein, das ist doch absurd, dachte er.

„Seit einiger Zeit sind wir auch Etappe auf dem Elsässer Jakobsweg. Dadurch kommen viele Pilger vorbei. Manche machen einen Abstecher nach Notre-Dame-de-Dusenbach, sie beten dort, stiften Kerzen – Sie wissen ja, wie das so geht. Viele fromme Menschen, andächtig, meditierend, glücklich. Ein schönes Bild, wie man zum Pilgern auch stehen mag. Warum soll man die Leute nicht nach ihrer Façon selig werden lassen?"

Dagegen habe er ja auch nichts einzuwenden, sagte Harrwitz.

„Nun ist vor einiger Zeit eine alte Chronik über unsere Ikone aufgetaucht. Endlich eine sichere Quelle, die bestätigt, dass wir wirklich eine Ikone aus dem Heiligen Land hier hatten. Mehrere Wissenschaftler – ich weiß jetzt nicht im Detail, wer alles – haben uns bestätigt, dass die Chronik ohne jeden Zweifel echt ist und keine Fälschung. Und nun kam Ihr Monsieur Senger und versuchte nachzuweisen, dass sie eine Fälschung sei, er sprach sogar von eindeutigen Beweisen. Warum hat er das gemacht? Das nützt doch niemandem, damit hat er nur unnötig die Leute gegen sich aufgebracht."

„Er war also nicht besonders beliebt?"

„Nein, Monsieur, aber warum fragen Sie? Das ist doch normal, dass man sich auf diese Weise keine Freunde macht! Sagen Sie, glauben Sie etwa – ? Nein, hier nicht! Hier passiert nichts, darauf können Sie sich verlassen, Monsieur! Wir sind hier nicht in Strasbourg oder Mulhouse."

Das Telefon klingelte. Der Präsident nahm ab.

„Ah, Monsieur Renaud, bonjour! – Un p'tit moment, s'il vous plaît … Oder rufen Sie doch am besten in zehn Minuten noch einmal an, wenn es Ihnen nichts ausmacht!"

Dann legte er auf. „Monsieur Renaud, der Vikar – eine Koryphäe auf dem Gebiet der alten Kirchenväter. Ein Experte über Augustinus – könnte darüber ohne weiteres promovieren. Na, ja, und Augustinus ist auch mein Steckenpferd ..."

Harrwitz spürte, dass er das Gespräch zu einem Abschluss bringen wollte.

„Man kann sich in unserem schönen Ribeauvillé sehr wohl fühlen, Monsieur, es ist wirklich ein gottgesegneter Flecken Erde. Noch nicht überflutet von den Marokkanern und Algeriern wie die großen Städte im Elsass. Nehmen Sie sich nur ausreichend Zeit, es gibt so viel Schönes hier zu sehen – ich persönlich bin dankbar für jeden Tag, den mich der Herrgott hier erleben lässt ..."

Schweigend tranken sie ihren Kaffee zu Ende.

„Ich fürchte, ich habe Sie nicht von Ihrem Vorhaben abbringen können", sagte er bekümmert beim Abschied. „Trotzdem wünsche ich Ihnen einen schönen Aufenthalt bei uns – auch wenn die Leute Sie nicht mögen werden ..."

# Kapitel 6

„Bonjour, Monsieur Harrwitz! Alles klar im Adlernest?"

Carsten Walter! Der hatte ihm gerade noch gefehlt. Eben erst hatte er das Touristenbüro verlassen, voller Ungewissheit, woran er mit dessen Präsidenten eigentlich war; er hatte aufatmend registriert, dass der Regen aufgehört hatte, dass sogar die Sonne ein wenig herausgekommen war. Eine grellweiße Regensonne, die ihn schon wieder blendete. Gleich wurde es viel wärmer, unangenehm schwül. Und nun saß Walter auf der überdachten Terrasse eines geöffneten Restaurants vor seinem giftgrünen Getränk und blickte ihn mit seinem Pokerface an.

„Setzen Sie sich doch ein wenig zu mir! Ein Apéritif? Kir mit Holundersirup ist hier sehr zu empfehlen. Ich bleibe lieber bei meinem Diabolo ..."

Das geht schon wieder gut los, dachte Harrwitz verärgert. Jetzt bestimmt er schon, was ich trinke. Aber vielleicht bekomme ich diesmal etwas von ihm heraus.

„Was machen Ihre Nachforschungen? Haben Sie schon eine Spur?"

„Nein, ich habe ja noch gar nicht richtig angefangen."

„Keine Ahnung, worin die Lösung bestehen könnte?"

„Keine. Nicht die geringste. Nicht spruchreif."

Wovon redete Walter überhaupt? Aber das Spiel mit der Doppelsinnigkeit begann Harrwitz zu gefallen. Das machte ihn gesprächiger.

„Wie ist hier das Sauerkraut?"

„Die elsässische Sauerkrautfalle, in die fast jeder von jenseits des Rheins hineintappt …"

Der Kellner brachte einen rötlichen Kir.

„Ist ***das*** Holunder?"

„Holundersirup haben wir leider gerade nicht da, Monsieur, das ist Cassis, aber auch sehr zu empfehlen ..."

„Sie waren beim Präsidenten, wie er sich so gerne nennen lässt? Lassen Sie mich raten. Er hat gesagt, dass er Ihre Arbeit nicht schätzt – dass Ribeauvillé ein kleines Paradies ist, frei von Afrikanern. Dabei – schauen Sie, da drüben!"

Ein Mann, sichtlich aus dem arabischen Raum, sammelte mit einer langen Zange Abfälle ein und verstaute sie in einem großen Müllsack.

„Ganz so afrikanerfrei ist Ribeauvillé also auch nicht, aber als Müllmänner lassen sie sich die Afrikaner gerade noch gefallen, diese Scheißkerle ..."

Seufzend entschied sich Harrwitz für ein Rahmschnitzel – Elsässer Sauerkraut wäre ihm lieber gewesen, aber er scheute einen weiteren Disput mit Walter und ärgerte sich innerlich über seine Feigheit.

„Vermutlich hat Ihnen Monsieur le président auch erzählt, dass es hier keine Kriminalität gibt ..."

Das war für Harrwitz ein willkommener Impuls.

„Haben Sie mitbekommen, dass von vielen Haustüren – "

„Die Metallteile verschwunden sind, die Beschläge, die Türklingeln, die Namensschilder – ja, habe ich, die Leute sprechen ja kaum noch über was anderes."

„Und – was glauben Sie?"

„Ich glaube, dass die Vereinigten Staaten von Europa kommen müssen, erst dann … Aber das war nicht Ihre Frage. Ich glaube gar nichts, aber ich bin sicher, wen man im Verdacht haben wird, diesen Blödsinn angestellt zu haben."

„Sie?"

Walter schien belustigt, soweit sein Gesicht überhaupt eine Regung erkennen ließ. „Aber liebster, bester Monsieur Harrwitz, was denken Sie denn von mir? Nein, jetzt im Ernst, meine Jungs da oben, im so genannten Irrenhaus ..."

„Sie meinen … Aber warum?"

„Weiß ich's? Ich würde in der Aktion sogar einen sozialkritischen, einen philosophischen oder einfach satirischen, geradezu aufklärerischen Grundgedanken sehen. Die Namensschilder weg – womit die Leutchen eh nichts verloren haben, weil sie keinerlei Individualität besitzen, völlig austauschbar sind und also auch gar keine eigenen Namen brauchen. Verstehen Sie? Aber lassen wir das. Jedenfalls sind meine Kandidaten da oben, um es klar zu sagen, doch nicht so ganz normal im Oberstübchen. An sich harmlos und vollkommen gutartig und friedlich. Aber wer weiß, was die insgeheim aushecken! Kann man in den Kopf eines Menschen hineinsehen? Und wenn welche von meinen Jungs partout runter in die Stadt wollen, dann schaffen die das auch, da können wir Sozialpädagogen aufpassen, wie wir wollen. Gut, dass kein Gericht dieser Welt sie verurteilen würde, wenn wirklich mal was passieren sollte – ein Mord oder so etwas!"

„Waren heute Nacht welche weg?"

Walter trank einen großen Schluck.

„Und – heute Nachmittag geht's zum Pfarrer?"

„Ja, habe ich vor, ich hoffe, er hat Zeit. Aber Sie haben gestern Abend eine Andeutung gemacht – wegen des Vikars ..."

„Jetzt wollen Sie mich über die Leute ausfragen, mit denen Sie zu tun haben – ganz unauffällig und dezent? Das gefällt mir! Aber ich will mal nicht so sein, habe ja auch keinen Grund, mit dem, was ich über die denke, hinterm Berg zu halten. Also: Der Vikar René Renaud ist mir nicht geheuer.

Der Alte, also der Priester Muller, kommt mir eher harmlos vor – ob er es wirklich ist, weiß man bei diesen Herren, die

Max Frisch so treffend Kohlensäcke nannte, ja nie so genau. Aber Renaud? Strammer Kreuzritter vor dem Herrn. Gut befreundet mit Ihrem Gesprächspartner von vorhin, dem Alten aus dem Tourismusbüro. Seelenverwandt sozusagen. Brüder im Geiste. Oder vielmehr im Ungeiste. Und um den Bogen zu Ihrem Kollegen Senger zu schlagen ..."

Das läuft ja wie am Schnürchen, dachte Harrwitz. Fast zu glatt. Und so sehr viel Neues habe ich bisher auch nicht erfahren. Eher hat *er* seinen Spaß. Aber mal sehen ...

„Monsieur Senger habe ich ganz vage gekannt, mehr nicht. Eigentlich nur vom Sehen, aber das wissen Sie ja schon. Ein ziemlicher Sprüchemacher, wenn es um sein Mountainbike ging – entschuldigen Sie, dass ich das so deutlich sage, aber es war so."

„Ich würde mich natürlich für seine Arbeiten interessieren."

„Das glaube ich Ihnen aufs Wort." Walter verzog keine Miene, nur in seinen Augen blitzte es ein ganz klein wenig. „Also was seine Arbeiten betrifft – da soll er verschlossen gewesen sein. War offenbar irgendeiner heißen Sache auf der Spur, die vermutlich den Leuten hier überhaupt nicht gefallen hätte – Genaues weiß ich nicht darüber, er hat nur geheimnisvolle Andeutungen gemacht. Sozusagen gegackert und dann doch nicht gelegt.

Sein Privatleben geht mich nichts an, da war was mit einer gewissen Conny, soweit ich das über sieben Ecken richtig mitbekommen habe – aber fragen Sie mich nicht! Und als Historiker interessieren Sie sich ja eh nur für Dinge, die mindestens 666 Jahre zurück liegen. In Worten: Sechs – sechs – sechs. Aber fest steht, dass man ihm hier ganz schön die Hölle heiß gemacht hat."

Kunstpause. Walter bestellte sich Kaffee. Dann beugte er sich vor.

„Haben Sie schon einmal von www.erloeserkreuz.net gehört?"

Eine größere Gruppe älterer Leute, badischen Dialekt sprechend und offenbar recht angeheitert, zog durch die Grand'Rue.

„Seniorenparadies Elsass, die Jungen fahren nach Amiland oder in die Dominikanische Republik. – Schauen Sie sich diese Internetseite mal an! Wer die betreibt, weiß man angeblich nicht; die Autoren, die dort schreiben, geben sich als katholische Fundamentalisten oder, sagen wir lieber, Fanatiker, als katholische Taliban sozusagen.

Natürlich grundsätzlich anonym, diese Verteidiger des Allerheiligsten. Kritisieren die in ihren Augen allzu lasche Haltung des Vatikan, hetzen gegen Schwule, Protestanten, die sie mit Vorliebe Protestunten nennen, gegen Juden, dass jeder Nazi vor Neid erblassen müsste. Und natürlich in letzter Zeit immer schlimmer gegen Muslime. Übrigens sind die Autoren anscheinend bestens über Interna der katholischen Kirche informiert und diese distanziert sich von erloeserkreuz.net eher halbherzig. Schauen Sie mal rein – Sie können gar nicht so viel fressen, wie Sie da kotzen möchten! Oder sind Sie auch einer von denen?"

Ganz sicher nicht, sagte Harrwitz.

„Die müssen irgendjemanden hier in Ribeauvillé haben, der ihnen zuarbeitet. Renaud vielleicht? Oder den ach so harmlosen Pfarrer Muller? Senger war noch keine Woche hier, schon wusste www.erloeserkreuz.net davon und hetzte gegen die Wühlarbeit des pseudowissenschaftlichen Antichristen. Mit voller Namensnennung, versteht sich. Zum Abschuss freigegeben sozusagen, fehlte nur noch das Kopfgeld: Wanted, dead or alive. Unfassbar, in der heutigen Zeit!"

Endlich war die Rollenverteilung zwischen Harrwitz und Walter so, wie Harrwitz sie sich wünschte.

„Und – haben Sie – “

Walter forderte ihn mit einer Geste auf zu schweigen. Der Kellner servierte mit routinierter Höflichkeit ein ziemlich kleines Rahmschnitzel mit Spätzle, aber ohne Salat. Preis laut Speisekarte: 18,50 Euro.

Selber schuld, dachte Harrwitz.

„Man weiß nie, wer alles mit diesem Klerikalfaschisten unter einer Decke steckt. Und die Elsässer verstehen in der Regel viel besser Deutsch, als sie zugeben wollen. Natürlich habe ich der Polizei von dieser Seite erzählt. Die hat das protokolliert, aber irgendwie scheint bei den Untersuchungen nichts herausgekommen zu sein. Keine Ahnung, warum. Vermutlich haben die irgendwelche Unterlagen verschlampt. Oder wohl eher verschlampen wollen. Alles Gauner und Mafiosi ...“

Er trank seinen Kaffee aus, legte einen Fünf-Euro-Schein und eine Münze auf den Tisch und erhob sich.

„Ich muss dann mal wieder los. Ein gut gemeinter Rat, Harrwitz: Passen Sie auf sich auf! Man weiß wirklich nicht, wozu diese anonymen Fanatiker fähig sind! Wenn die könnten, wie sie wollen – nicht auszudenken ...“

Plötzlich legte er Harrwitz die Hand auf die Schulter.

„Lassen Sie sich nur ja nicht von den erstbesten Kläffern und Wadenbeißern unterkriegen!“

Mit vollem Mund knurrte Harrwitz:

„Darauf können Sie Gift nehmen!“

# Kapitel 7

Nach dem Mittagessen brach Harrwitz das erste Mal in Ribeauvillé einen Vorsatz: Er benutzte seine Kochecke. Allerdings nur, um sich einen Tee zu kochen, zu dem er zwei Plunderstückchen essen wollte, die er auf dem Rückweg in seine „Winstub Au Nid d'Aigle" in einer Bäckerei gekauft hatte. Sein Rahmschnitzel war nun wahrlich nicht zum Sattessen gewesen.

Dann setzte er sich an seinen kleinen Schreibtisch und machte sich Notizen.

Was habe ich denn eigentlich bis jetzt in Erfahrung bringen können?, überlegte er. Viel ist es immer noch nicht, aber das Wenige ... Und er schrieb.

David Senger. Unterstrichen. Da ihm nicht gleich etwas einfiel, unterstrich er den Namen gleich ein zweites Mal. Dann schrieb er Stichpunkte auf:

- *fleißig*
- *ehrgeizig*
- *zielstrebig*

Stimmte das? Er machte ein Fragezeichen hinter das Wort, dann gleich noch eines, um einen Moment der Unschlüssigkeit zu überbrücken. Weiter:

- *große Mountainbike-Touren*
- *trinkt keinen Alkohol*
- *außergewöhnliches Promotionsthema*

Das stimmte. Auf ein solches Thema wäre er selber nie gekommen.

- *verbringt seine Zeit mit Arbeiten am PC*

Hier kam er ins Grübeln. Mit Arbeiten? Das hatte ihm Manfred Senger erzählt! Harrwitz hatte selbst keine Kinder, aber auch für ihn lag es auf der Hand, dass fast jeder Jugendliche zuweilen seine Eltern glauben macht, am Computer zu arbeiten, während er in Wahrheit auf wer weiß welchen Seiten surft. Walter hatte etwas von einer Conny gesagt – von wegen keine Frauen in Davids Leben!

– *Beziehung zu einer Conny*

Wovon die Kempffs ja nichts zu wissen schienen.

– *reiches Elternhaus*

– *hauste in einem schäbigen Quartier*

Aber hallo! Das war Harrwitz ja gleich aufgefallen. Und seltsam: Manfred Senger konnte sich doch ausrechnen, dass das Harrwitz auffallen musste, wenn er ihm dasselbe Quartier vermittelte!

– *von Mme. Kempff verwöhnt, vermutlich mit Essen*

– *angeblich auf einer „heißen Spur" (hat er Anhaltspunkte gefunden, dass die Chronik eine Fälschung ist?)*

– *machte sich durch seine Arbeiten in R. unbeliebt*

Nur durch seine Arbeiten? Auch das müsste geklärt werden. Vor allem aber:

– *Wohin verschwunden?*

Und:

– *Lebt er noch?*

Was nun wieder unstrittig war:

– *Kontakte zu C. Walter, Intensität unklar.*

Über diesen Kontakt müsste er mehr erfahren. Walter würde schon irgendwie zum Reden zu bringen sein. Schon deshalb war es gut, wenn er diesen in den nächsten Tagen im Taennchelhof besuchte. Im ominösen „Irrenhaus". Und logischerweise notierte er jetzt auf ein neues Blatt, was ihm zu diesem einfiel.

– *Sozialarbeiter in einer gemeinnützigen Einrichtung*

– *einer von vier Sozialpädagogen in der Auberge-Ferme du Taennchel / Taennchelhof (von den Einheimischen „Irrenhaus" genannt)*

– *betreut dort 14 junge Männer, die psychische oder sonstige Probleme haben*

– *scheint von seiner Tätigkeit überzeugt.*

– *harte Kritik an den Bewohnern von R.*

Nach kurzem Nachdenken ersetzte er „hart" durch „polemisch".

– *teilweise sehr drastische Formulierungen, verbalradikal*

– *hundertfünfzigprozentiger Europäer*

Allerdings! Jemandem mit so extremen Ansichten war Harrwitz vorher noch nie begegnet.

A propos extrem: Was hatte Walter da über eine Internetseite erzählt? Wie nannte sie sich wieder? www.erloeserkreuz.net? Harrwitz fuhr seinen Laptop hoch und ging auf die Seite.

Eine Viertelstunde überwand er sich, die verschiedensten Beiträge anzulesen. Weiß Gott, Carsten Walter hatte nicht übertrieben. Da hieß es beispielsweise über einen verstorbenen Schauspieler, dieser brate jetzt bis in alle Ewigkeit in der „Homo-Hölle"; sein „unwürdiger" Tod an Bauchspeicheldrüsenkrebs sei für seinen „perversen Lebenswandel" die gerechte irdische Strafe gewesen, der die ewige nun unweigerlich folgen werde.

Einem schwulen Politiker sprach ein anonymer Autor geradewegs das Lebensrecht ab. Diese Ausführungen wurden im „Diskussionsforum" von mehreren Kommentatoren unterstützt, teilweise setzten die sogar noch eins drauf, wohingegen keinerlei kritischen Meinungen zu finden waren.

Auch zum nächsten Bericht, in dem die legale Schwangerschaftsunterbrechung auf eine Stufe mit Auschwitz gestellt wurde, waren nur zustimmende Kommentare zu lesen; einer ging so weit zu behaupten, es gebe doch einen Unterschied: Im Gegensatz zu Auschwitz sei der „Massenmord an ungeborenem Leben" leider höchst real.

Fast konsequent fand Harrwitz dann auch bald einen Beitrag mit dem Titel „Die Auschwitz-Lüge". Daneben „Die Mission des Germanentums", als dessen Autor Joseph Goebbels genannt wurde. In dieser Form ging es weiter. Und richtig, auch über David Senger gab es einen Beitrag, der vehement gegen das „verwöhnte Wohlstandsjüngelchen", den „Christenfresser" David Senger herzog; die Strafe Gottes werde auch in diesem Fall nicht lange auf sich warten lassen: „Gott lässt sich nicht spotten, und was der Mensch sät, das wird er ernten!" Erschienen am 28. Oktober 2013, gerade einmal zwei Tage vor Davids Verschwinden.

Ja, hatte man das bei den Ermittlungen denn nicht berücksichtigt? In dem Bericht wurde David übrigens fälschlich als Sohn eines Mannheimer Religionslehrers bezeichnet, dem der Nichtsnutz wohl bei seiner dem Zeitgeist verpflichteten antiautoritären Erziehung aus dem Ruder gelaufen sei. Sieh an, dachte Harrwitz, so ganz unfehlbar waren die Informationen der anonymen Autoren auf dieser Seite offenbar doch nicht.

– *Walter gab zutreffende Informationen über* www.erloeserkreuz.net

schrieb Harrwitz auf sein Blatt.

Überhaupt Walters Informationen!

– *versorgt mich mit Informationen über Senger und Einheimische aus Ribeauvillé (Verlässlichkeit?)*

– *oft witzig, pointiert, sarkastisch (Hang zu Übertreibungen?)*

– *redet viel – wenn er will!*

Und schließlich, was Harrwitz immer deutlicher wurde und ihn ziemlich ärgerte:

– *hat mich schnell durchschaut*

– *will in Kontakt mit mir bleiben*

Denn Walter hatte ihm seine Handynummer gegeben. Aber warum?

Schließlich noch, beinahe hätte er das vergessen:

– *Verfasser der Drohmail?*

Denn wer hätte sie ihm sonst schicken sollen? Die Kempffs? Unsinn! Die wären vermutlich nicht einmal sprachlich zu einem solchen Text in der Lage gewesen. Obwohl – so etwas könnte man sich vermutlich relativ schnell aneignen. Aber warum sollten sie – ?

Gut. Oder vielmehr nicht gut. Wen gab es noch? Natürlich zunächst die Kempffs. Zunächst machte er sich Notizen über Monsieur Kempff:

– *freundlich*

– *Widerspruch zwischen Sprechweise und Erscheinungsbild / Auftreten*

– *wirkt jähzornig (bisher nur Vermutung)*

Das war wenig, sehr wenig. Aber Harrwitz wusste einfach nicht mehr. Nun zu Madame Kempff:

– *fast schon überfreundlich*

– *wirkt unterschwellig ängstlich, geduckt*

– *ordnet sich ihrem Mann unter*

Und in diesem Zusammenhang fiel ihm ein, dass Monsieur Kempff erzählt hatte, seine Frau habe David Senger öfter etwas „zugeschoben" – also sie, nicht er. Also:

– *scheint David gemocht zu haben*

– *hat ihn verwöhnt (etwas „zugeschoben", wohl Essen)*

***Sie*** hatte ihn verwöhnt, nicht ihr Mann! Der hatte es ja selbst so gesagt.

Gut und schön. Aber half ihm das weiter? Half ihm diese Zettelwirtschaft überhaupt weiter? Na, immerhin konnte er sich dabei wie ein echter Profi fühlen, dachte er.

Wen gab es noch? Ihm fiel nur der „Präsident“ des Tourismusbüros ein.

– *seine Tätigkeit bedeutet ihm alles, obwohl er schwerkrank ist*

– *sehr auf äußeres Ansehen von R. bedacht; lehnt alles ab, was diesem schaden könnte*

– *in religiösen Fragen offenbar sehr konservativ, auch wenn er sich weltoffen gibt*

– *besonderes Interesse für Augustinus*

Was habe ich jetzt an Material für meine Schnitzeljagd?, überlegte Harrwitz. Man sollte doch so viel Material zusammentragen, bis man das Rätsel lösen kann! Aber hier? Ich habe doch gar nichts! Macht Walters Auftreten ihn verdächtig? Wenn, dann doch nur, weil ich keinen anderen Verdächtigen habe! Ein berühmter Fernseh-Detektiv würde jetzt alles auf eine Karte setzen, nämlich darauf, dass Walter der Bösewicht war, und damit gewinnen. Ein Kommissar in einer Detektivsendung würde dasselbe tun und sich bis auf die Knochen blamieren. Nein, die Sherlock-Holmes-Methode funktioniert in diesem Fall nicht. Aber nicht im Geringsten. Was aber dann? Auf den berühmten Kommissar Zufall hoffen? Auf ein Wunder?

Es war zum Verzweifeln.

Aber erst einmal, dachte er, gehe ich zu Pfarrer Muller und sehe zu, dass ich die ominöse Chronik lesen kann. Vielleicht findet sich da ja ein versteckter Hinweis.

Oder habe ich schon Hinweise und sie nur nicht richtig interpretiert? Oder sogar übersehen?

Er grübelte und grübelte, bis er sich schließlich aufraffte.

Zum Pfarrer!

# Kapitel 8

„Trìnka ìhr a Gläsla Riesling mìt?“

So war Harrwitz in Ribeauvillé noch nicht begrüßt worden. Er hatte mit einem weiteren frostigen Empfang gerechnet, als er triefend vor Nässe (es schüttete schon wieder wie im tropischen Regenwald) der Haushälterin des Pfarrers sein Anliegen erklärte, aber nichts von alledem. Die ältere Dame hatte ihn freundlich ins Wohnzimmer gebeten, wo Pfarrer Muller auf dem Sofa halb saß, halb lag und offenbar mit sich und der Welt so richtig zufrieden war.

Ein freundlicher älterer Herr, sicher schon einiges über sechzig, nicht gerade schlank – eigentlich so, wie man sich klischeehaft einen alten katholischen Landgeistlichen vorstellt, dachte Harrwitz. Muller musste gehört haben, was Harrwitz seiner Haushälterin an der Haustür gesagt hatte; er empfing den vermeintlichen Historiker mit aller Herzlichkeit.

„Corinne, gàng un hol doch a Flàsch Riesling arùff!“

Harrwitz vermutete, dass Muller das nicht nur aus Gastfreundschaft sagte. Aber sicher war er sich nicht, dazu sah er zu wenig. Das Wohnzimmer des alten Pfarrhauses erhielt nur durch zwei kleine Fenster notdürftig Licht.

Während die Haushälterin, kaum jünger als der Pfarrer, in den Keller stieg, erhob sich Muller nicht ganz ohne Mühe und zog einen Ordner aus seinem umfangreichen Bücherregal.

„Zwei Ausdrucke der Chronik habe ich noch hier, den einen gebe ich Ihnen mit. Zwei sind schon verloren gegangen. Nicht wahr, Herr Harrwitz, Sie versprechen mir ..."

Eine Art Sicherheitspfand wollte Muller nicht. Ungewöhnlich!

„Woher kommt diese Chronik überhaupt? Bis vor kurzem wusste man doch gar nichts von ihr?"

„Das wissen Sie nicht? Stand doch überall in der Zeitung. Ganz einfach und banal: Mein Vikar, Monsieur Renaud, hat sie beim Ausmisten auf dem Dachboden des Pfarrhauses gefunden, einen alten, schweren Lederband. Keine Ahnung, von wann der eigentlich stammt, schätzungsweise Mitte des 19. Jahrhunderts. Ich habe das Buch vorher nie gesehen, ich habe ja auch nicht im Traum gedacht, dass so etwas überhaupt bei dem vielen Gerümpel liegen könnte. Und jetzt will ich es mir auch nicht ansehen, ich bin leider ein bisschen allergisch gegen Staub, da muss ich niesen, meine Nase ist danach über Tage verstopft und der Riesling schmeckt mir dann nicht."

Das klang alles so harmlos und treuherzig. Aber Harrwitz gefiel es überhaupt nicht, dass er das Gesicht des Pfarrers nicht sah, nur ein paar Konturen. Muller saß mit dem Rücken zum Fensterchen und die schweren, alten Möbel (ein bisschen wie bei Harrwitz' Großeltern) machten das Zimmer noch dunkler.

„Monsieur Renaud hat den Text dann einige Male kopiert. Den alten Lederband bewahrt er in seiner Wohnung auf, hat er mir gesagt, und das genügt mir. Ah, wunderbar, da bringt ja meine Corinne den Riesling! Merci, Corinne, merci! Bìsch a Schàtz!"

„Mein Kollege Senger war sich nicht sicher, ob die Chronik wirklich – "

„Echt war? Ich weiß, dass er seine Zweifel hatte. Aber warum rührte er daran? Schauen Sie, hierher nach Ribeauvillé und Notre-Dame-de-Dusenbach kommen viele Pilger und Wallfahrer. Die suchen Trost im Gebet, innere Einkehr, meditative Stille ..."

Das habe ich heute doch schon einmal so ähnlich gehört, dachte Harrwitz. Jetzt muss nur noch der Hinweis auf den Tourismus kommen.

Aber dieser Hinweis kam nicht. Stattdessen ein Satz, bei dem Harrwitz seinen Ohren nicht traute:

„Es ist doch gar nicht das Entscheidende, ob die Chronik echt ist! Falls sie wirklich eine Fälschung sein sollte, so muss man dem – nennen wir ihn einmal so – Fälscher zugutehalten, dass er in bester Absicht gehandelt hat."

Wenn man nur sein Gesicht sehen könnte!, dachte Harrwitz. Das meint er doch nicht ernst? Fälschen aus christlicher Nächstenliebe?

„Ihr Kollege Senger war übrigens ein sehr einnehmender junger Mann, immer freundlich, vielseitig interessiert. Und hatte überhaupt kein Interesse, mir meinen Riesling wegzutrinken."

Der Pfarrer lachte, als er sah, wie irritiert Harrwitz war.

„Gott im Himmel, Monsieur Harrwitz! Alleine trinken macht einsam! Gott ist allmächtig und allgegenwärtig, aber kann ich mit ihm denn Wein trinken? Ich weiß, als Priester sollte man nicht solche Witze machen, das sagt mir mein Vikar Monsieur Renaud auch immer ..."

Harrwitz fragte nach David Sengers Umgang in Ribeauvillé.

„Dazu kann ich Ihnen nicht viel sagen, er hatte neben seiner Arbeit wohl auch nicht viel Zeit. Leider mochten ihn die Leute auch nicht besonders. Ich verurteile das nicht, ich verurteile niemanden, das steht einem Christen nicht zu, aber für meinen Geschmack hatten sie ein bisschen sehr viel Angst um ihre Geschäfte mit dem Tourismus. Nun, gut, der Mensch denkt und Gott – Sie wissen ja. Aber man sagt auch: Angst ist ein schlechter Ratgeber."

Irgendeine Conny solle es in Davids Leben gegeben haben, sagte Harrwitz.

„Warum wollen Sie das alles überhaupt wissen, Monsieur? Als sein Kollege?"

Wurde jetzt auch dieser Priester misstrauisch?

Ja, weil Senger seit über einem halben Jahr verschwunden sei, weil diese Conny vielleicht noch am ehesten wisse, wo er sich aufhalte. Und – die alte Ausrede – weil Senger noch wertvolle Bücher habe, die der Universität gehörten.

„Eine Kopie unserer Chronik hat er auch noch. Aber er wird sie irgendwann schon zurückbringen. Es sei denn, Gott hat mit ihm etwas anderes vor, und dann ist es auch gut. Notfalls kopieren wir den letzten Ausdruck, den ich hier in meinem Schrank habe, noch einige Male, das ist doch kein Problem! Ja, und diese Conny – wissen Sie, Gott alleine sieht ins Herz und wir Menschen sollten da etwas bescheiden sein und nicht alles bis ins Letzte wissen wollen."

Auch eine Möglichkeit, sich um eine klare Aussage herumzudrücken, dachte Harrwitz. War dieser Pfarrer Muller denn wirklich so grenzenlos naiv oder versteckte er hinter dieser Fassade nur eine beispiellose Gerissenheit? Wenn man nur sein Gesicht sehen könnte, verdammt nochmal!

„Herr Senger ist meines Wissens auch bedroht worden. Er hat Drohmails bekommen, habe ich gehört. Möglicherweise steckte erloeserkreuz.net dahinter."

„Erloeserkreuz.net? Ich habe von so einer Seite gehört. Die Autoren, die dort schreiben, sollen etwas übereifrig sein ..."

Muller war nicht aus der Ruhe zu bringen.

„Übereifrig? Na, ich bitte Sie! Dort wird gehetzt, was das Zeug hält. Auch gegen Herrn Senger. Ich habe einen Bericht über ihn gelesen. Sie stellen sich nicht vor, was da teilweise geschrieben wird. Sogar Nazi-Texte gibt es dort."

„Ach, wissen Sie, Nazi-Texte ... Mit – wie sagt man bei euch? Mit der Nazikeule seid ihr in Deutschland ja immer ziemlich schnell bei der Hand. Ich verstehe das, wirklich, ihr seid halt tief in euren Seelen verunsichert durch das, was im deutschen Namen geschehen ist. Auch hier im Elsass übrigens, Sie brauchen höchstens eine Stunde mit Ihrem Auto, um ins ehemalige Lager Natzweiler-Struthof zu kommen. Aber sehen Sie ..."

Das alte Lied: übereifrige, ein wenig ungezogene Brüder im Geiste, die im Grunde doch nur das Beste wollten. An der freundlichen, weinseligen Güte Mullers prallte alles ab. Selbst der Hinweis, dass sogar Goebbels auf erloeserkreuz.net als Autor geführt wurde. Auch ein Goebbels habe das Anrecht auf göttliche Vergebung. Harrwitz hatte die Nase voll. Aber statt ihn gehen zu lassen, schenkte ihm Muller in aller Seelenruhe Wein nach. Zugegeben, der war gar nicht übel. Unter anderen Umständen hätte ihn Harrwitz sogar als richtig gut empfunden.

„Monsieur Muller, auch ich werde schon bedroht, dabei bin ich erst gestern hier angekommen ..."

Muller ließ sich von der Mail erzählen. Auf seine Antwort hätte Harrwitz, wie er zornig dachte, eine Wette abschließen können.

„Nein, Monsieur, das kann ich nicht ernst nehmen. Das sieht mir nicht nach finsteren Mafiosi aus wie in irgendwelchen billigen Thrillern. Na, ja, Sie können es sich ja denken – irgendwann haben mich Leute auch auf solche Autoren wie Dan Brown angesprochen. Auf Bücher, in denen irgendwelche katholischen Geheimbünde mit Lug und Trug und Mord und Totschlag die Weltherrschaft erringen wollen. Je absurder die Verschwörungstheorien, desto besser verkaufen sich solche Bücher. Gut, und was blieb mir da anderes übrig, als mich damit zu beschäftigen, im Interesse meiner Schäfchen? Ich muss doch auch irgendwie mitreden können. Und jetzt denken Sie an solche Verschwörungen und Geheimbünde. Das verstehe ich. Wirklich. Aber ich bin sicher, damit liegen Sie falsch. Das hier sind dumme Buben – Lausbuben, die Ihnen Angst einjagen wollen, und wenn Sie tatsächlich Angst bekommen, lachen die sich kaputt. Sehen Sie, im Grunde sind das einsame Jugendliche, oft aus zerrütteten Familien, die Eltern, sofern sie überhaupt noch präsent sind, kümmern sich nicht so um sie, wie es sein sollte ..."

Diese so dick aufgetragene Sanftmut! Dieses ölige pastorale Getue! Das stimmte doch schon wieder hinten und vorne nicht! Woher kannte dieser alte Pfarrer Muller so gut das Seelenleben des Verfassers der Mail von gestern Abend? Dafür gab es doch eigentlich nur eine Erklärung! Welche Rolle spielte dieser weinselige Alte, der da im Schatten saß wie ein harmloser, behäbiger Teddybär, in dem miesen Spiel, das hier offensichtlich um und mit Harrwitz gespielt wurde?

Um den Alten nicht zu verärgern, ging Harrwitz nicht gleich, sondern trank seinen Wein aus. Dabei musste er noch ein wenig reden. Bloß: Was, um sich nicht verdächtig zu machen?

„Was halten Sie von Carsten Walter?"

Muller schaute zur Tür.

„Dieser Monsieur Walter zieht ja mächtig vom Leder ..."

Erst jetzt spürte er, dass jemand das Zimmer betreten hatte, völlig lautlos. Er drehte sich um. Ein vielleicht etwas über dreißigjähriger Mann stand schweigend im Türrahmen. Sehr weiche Züge – aber höchst nervöse Augen, die nirgendwo lange verweilen konnten, sondern ständig scheinbar ziellos umherschweiften. Dazu ein fast verkniffen anmutender Mund. Der als Beichtvater … Selbst Muller schien sich nicht mehr ganz wohl zu fühlen.

„Darf ich Sie miteinander bekannt machen? Monsieur Harrwitz, Historiker, der sich für unsere Dusenbacher Chronik interessiert – Monsieur Renaud, unser Vikar."

René Renaud reichte Harrwitz flüchtig die Hand. Danach stand er einige Sekunden schweigend da, wie überlegend. Oder ihn abschätzend. Wie jemand, der sich den Gegner für den entscheidenden Schlag zurechtstellen will.

Endlich sagte er, ohne Harrwitz auch nur einen Augenblick in die Augen zu sehen, leise, aber eindringlich: „Ne nourrissez pas le troll!"

Harrwitz verstand nicht recht – irgendetwas mit einem Troll? Aber was hatte dieses skandinavische Geisterwesen mit ihm zu tun? Und der Rest? Irgendetwas, vor dem ihn Renaud warnen wollte, das Harrwitz auf keinen Fall tun sollte. Aber was?

„Sie entschuldigen mich", sagte Renaud ebenso leise. „Ich muss noch zu Madame Keller, sie ist sehr krank und es sieht so aus ..."

Ein Troll – als Harrwitz in sein Quartier geeilt war, hatte er nichts Eiligeres zu tun, als zu erkunden, wovon Renaud überhaupt gesprochen hatte. So loggte er sich ins Internet ein und gab bei Google das Wort Troll ein. Gott behüte! Seine Suche ergab etwa 148 Millionen Ergebnisse. Aber beim zweiten Hinsehen entdeckte er gleich mehrere Wikipedia-Artikel. Demnach war also ein Troll nicht nur ein Oberbegriff für alle mehr oder weniger menschenfreundlichen nordeuropäischen Fabelwesen.

Als Troll werde daneben, wie er las, jemand bezeichnet, der in Internetforen nicht sachbezogen mitdiskutiere, sondern sich rein destruktiv verhalte, oft unterschwellig der Gruppe zu schaden versuche und provoziere, wo er nur könne. Aber was hatte Renaud genau gesagt?

Ob das französische Wikipedia weiterhalf? Erst einmal gestaltete sich auch dort die Suche umständlich, zumal er nur Bruchstücke der französischen Texte verstand. Nach längerem Suchen entdeckte er jedoch eine Zeichnung eines „Trolls", dem jemand einen Fisch zuwarf; durch das Ganze ging ein dicker roter Schrägstrich: So nicht! Und dann fand er auch gleich den Satz „Ne nourrissez pas le troll", den Renaud gesagt haben musste – jetzt war sich Harrwitz vollkommen sicher.

Sprachlich verstand er ihn nun; im Internet kursierte vor allem die englische Version „Don't feed the troll", „Füttere den Troll nicht". Der Satz bedeutete demnach, dass man solche „Trolle" ignorieren und ihnen keine Möglichkeit geben solle, ihr Gift zu verspritzen. Der Begriff sei nur in der Kommunikation im Internet gebräuchlich.

Soweit, so gut. Aber was hatte dieser sonderbare Vikar René Renaud gemeint? Doch wohl kaum das Internet! Oder, anders gefragt: ***Wen*** hatte er gemeint? Gab es jemanden, den er als Troll ansah? Carsten Walter, der umgekehrt Harrwitz speziell vor Renaud gewarnt hatte? Ausgerechnet vor Renaud? Und bedeutete dessen Aufforderung nun, Harrwitz solle sich von Walter fernhalten, sich mit ihm gar nicht erst abzugeben? Weil dieser schlicht und ergreifend ein „Troll" sei und nichts anderes? Da passte doch wieder alles Erdenkliche nicht zusammen! Es sei denn, Renaud meinte es ehrlich. Aber konnte Harrwitz ihm trauen? Ausgerechnet ihm, diesem umherschleichenden, undurchsichtigen Geistlichen?

Missgelaunt nahm Harrwitz sich wieder seine Notizblätter vor.

Bei Walter schrieb er auf:

– *evtl. von Renaud als „Troll" angesehen*

Danach überlegte er noch einmal und fügte diesem Satz zwei Fragezeichen hinzu. Vorsicht, Harrwitz, nicht vorschnell urteilen, sonst landest du ganz schnell auf dem Holzweg!

Nun war es aber höchste Zeit, auch Blätter für Muller und Renaud anzulegen. Bei Renaud wurde er polemisch:

– *weicher, aber verkniffener Gesichtsausdruck*
– *spricht leise und wenig*
– *schleicht unhörbar durch das Haus*
– *sieht aus wie die Personifizierung der Inquisition*

Auch wenn dieser Satz noch so unprofessionell sein mochte – was sein muss, muss sein, dachte er.

– *hat die Chronik beim Ausmisten des Dachbodens gefunden und für echt befunden*

Angeblich! Denn Zeugen für diese Version schien es nicht zu geben.

Und Muller? Er beschloss, sich vom scheinbar Belanglosen zum Gravierenderen vorzutasten:

– *liebt seinen Riesling*
– *vertrautes Verhältnis mit der Haushälterin*
– *liebt offenbar ein behagliches Leben*
– *breitet über alles und jeden den Mantel der christlichen Nächstenliebe, sogar über religiöse Fanatiker und Nazis*
– *große Zweifel, ob man ihm über den Weg trauen kann*

Aber wem konnte man denn überhaupt über den Weg trauen in diesem so gottverdammt beschaulichen Ribeauvillé?

Egal, Harrwitz beschloss, sich heute Abend endlich einmal ein Elsässer Sauerkraut zu gönnen. Diesmal würde kein Walter bei ihm sein, der ihm das ausredete.

## Kapitel 9

Harrwitz aß, da auch die „Winstub Au Nid d'Aigle“ montags Ruhetag hatte, in einem bodenständig wirkenden Restaurant, dem „Aux Chevaliers de Malte“, „Zu den Malteser Rittern“, eine Zwiebelsuppe, die ihm fast so gut schmeckte wie die der Kempffs, und danach sein ersehntes Sauerkraut, trank dazu einen etwas schweren Tokay-Pinot gris und zum Verdauen zum Kaffee ein Mirabellenwasser. Er glaubte, nach den vielen unerfreulichen Dingen dieses Tages dürfe er es sich ruhig einmal richtig gut gehen lassen. Allerdings lag ihm die Sauerkrautplatte auch recht schwer im Magen..

Der kaum zwanzigjährige Kellner, der offenbar auffallend große Sorgfalt in seine Föhnwelle zu investieren pflegte, beschäftigte sich in jeder freien Minute mit seinem iPod. An einem Tisch aß ein Paar um die Sechzig, das – wie Harrwitz mit einer gewissen schadenfrohen Bosheit registrierte – die ganzen zwei Stunden nahezu kein Wort wechselte.

In diesem Restaurant entdeckte Harrwitz auch etwas, das ihn interessierte. Auf einem großen Tisch unmittelbar beim Tresen und unter einem an der Wand fixierten gewaltigen Wildschweinkopf stand ein etwas verschnörkeltes Holzschild mit der Aufschrift „Elsassischer Stàmmtìsch Ràpschwihr. Do wurd Elsassisch greddt.“

Als Harrwitz den Kellner danach fragte, mischte sich ein alter Mann ein, der an einem kleinen Tisch ein kleines Bier trank und Zeitung las.

„Das ist eine ganz interessante Sache. Wie ein Verein bei euch drüben in Deutschland, aber auch wieder nicht ganz wie ein Verein. Die treffen sich jeden Dienstag um halb sechs Uhr abends, also morgen das nächste Mal, und Punkt sieben gehen sie wieder. Ungefähr zehn vor sieben verlangen alle die Rechnung. Jeder darf als Gast dazukommen und sich registrieren lassen, aber wenn er dreimal da war, muss er sich entscheiden – Mitglied werden oder nicht. Als Mitglied muss er zweimal im Monat kommen, außer im August, da sind Ferien, und wer das ohne akzeptable Begründung nicht macht, der wird ausgeschlossen und darf frühestens ein halbes Jahr später wieder als Gast kommen. Alkoholzwang gibt es nicht, das steht ausdrücklich in der Satzung; es gibt auch jemanden, der immer nur Milchkaffee trinkt. Alles sehr gebildete, kluge Leute. Bedingung ist natürlich, dass man sich auf Elsässisch unterhält – aber wenn ein Deutscher als Gast kommen möchte, macht man eine Ausnahme, das sieht zwar die Satzung nicht vor, aber was will man machen … Hoppla, ich muss los, sonst schimpft meine Frau. Allez, Conny, zahlen!"

Conny? Hatte der Alte eben Conny gesagt? Sollte Davids ominöse Conny womöglich ein Mann sein? Natürlich, Cornelius, Corneille – daraus konnte man auch Conny machen, nicht nur aus Cornelia oder Corinne. Aus Corinne, der Haushälterin des Pfarrers. Harrwitz, bist du jetzt total übergeschnappt?, fragte er sich selbst. Die ist doch gut und gerne sechzig!

Ja – aber der leicht herausgeputzte Kellner hier? Zuzutrauen war ihm das. Wobei, überlegte Harrwitz, „das" ja grundsätzlich jedem „zuzutrauen" war. Gleichwohl – wieder wurde ein Detail komplizierter, statt sich endlich einmal aufzuklären und ihm einen Ansatz zu geben!

In seinem Zimmer wollte Harrwitz noch ein wenig in der Chronik lesen, brachte aber nicht mehr die Energie dazu auf. So legte er sich früh schlafen.

Doch von Schlafen konnte lange keine Rede sein. Unablässig zerbrach er sich den Kopf, was er denn überhaupt noch unternehmen könne, um David Senger zu finden. Was er hier so erfuhr, war ja alles schön und gut und auch interessant, brachte ihn aber der Lösung seiner Aufgabe nicht einen Schritt näher.

Der einzige positive Anhaltspunkt war die gestrige Droh-Mail, sofern sie überhaupt ernst zu nehmen war. Wenn sie nicht nur ein dummer Scherz war, dann fühlte sich immerhin jemand von seiner Anwesenheit so behelligt, dass er ihn einzuschüchtern versuchte. Nein, das könnte dir so passen, dachte er, so leicht schaffst du das nicht! Jetzt erst recht nicht! Ich will wissen, wieso ich dich so nervös mache.

Ja – wenn denn die Mail ernst gemeint war …

Schlafen – ja, wohl dem, der das kann, dachte er. Dabei war es im Zimmer doch dunkel, weil die Straßenlaterne vor dem Haus nicht funktionierte.

Irgendwann dämmerte er weg. Allerdings nur für Sekunden, dann fuhr er wieder hoch, mit einem Schlag hellwach. In tiefer Dunkelheit – er kam gar nicht auf die Idee, das Licht einzuschalten – stolperte er die Treppe hinab und aus dem Haus ins Freie. Er hatte doch seinen ersten Fall als Detektiv zu lösen, er musste das Geheimnis über David Sengers Verschwinden lüften! Und dazu einen Menschen, egal, ob Frau oder Mann, finden, der auf den Namen Conny hörte!

Ohne zu wissen, warum, war er sich jetzt sicher, dass David einem Verbrechen zum Opfer gefallen war und er, Harrwitz, der kleine Detektiv-Anfänger aus der Mannheimer Schmuddelecke, den Mörder finden musste. Aber wie? Ganz klar: Erst einmal musste er sich in der Stadt umsehen. Irgendwo in dieser Stadt steckte der Mörder, irgendwo lag der Schlüssel zur Lösung des großen Geheimnisses.

Sich in der Stadt umsehen! Den Schlüssel zur Lösung des Problems finden! Das sagte sich so leicht. Aber er wusste, dass er auf keinen Fall versagen durfte. Sich in der Stadt umsehen! Wenn nur diese menschenleeren Gassen mit dem komischen Kopfsteinpflaster, auf dem man ständig ins Stolpern geriet, nicht so fürchterlich schlecht beleuchtet gewesen wären! Straßenlaternen standen zwar da, aber keine funktionierte. Nicht eine einzige. Von irgendwoher kam ein ganz leichtes Licht, das aber mehr Schatten warf als erleuchtete.

Erst einmal orientieren! Er versuchte, ein Straßenschild zu entziffern. Was stand da? „À vendre"? „Zu verkaufen"? Nein, das war kein Straßenschild, sondern ein Pappplakat in einem Fenster eines düsteren Fachwerkhauses. Das Straßenschild? „Rue du – " Er versuchte genauer hinzuschauen, um die Schrift zu entziffern, da verschwamm sie ihm vor den Augen. Stattdessen entdeckte er auch in anderen Fenstern des Hauses Schilder mit den Worten „À vendre". Und darunter: „Do wurd Elsassisch greddt."

Überhaupt: Das Haus, das erkannte er jetzt, hatte gar kein Fachwerk, sondern war mit dunklem Putz überzogen, dunkelbraun oder dunkelrot. Wenigstens stand es an einer Ecke, und als er weiterging, sah er ein anderes Straßenschild. Bis er unmittelbar davor stand – da war es plötzlich nicht mehr da.

Nichts stimmte! Nichts in diesem Fall, nichts mit der Stadt, nichts, rein gar nichts! Und es überraschte ihn nicht einmal, als er sich umdrehte und plötzlich den Mannheimer Wasserturm erblickte. Auch nicht, dass der viel zu niedrig war und ein Flachdach hatte. Dafür – das wusste er, obwohl er es nicht sah – hing über den ganzen Turm herab ein riesiges Transparent mit den Worten „À vendre". Natürlich waren diese Worte da! Die waren doch überall!

Aber im nächsten Augenblick kannte er sich wieder aus. Ganz klar, er war in einer Straße von Ribeauvillé, diesen

Namen sollte er sich doch wenigstens merken, wenn er einen Mörder fangen wollte. Und da, der Torturm! Finster wie ein urweltliches Ungetüm in der Nacht stehend, gerade hier war es besonders dunkel.

Neben der Straße ein kleiner Bach in einer weißen Zementrinne – seltsam, dass der so laut rauschte. Plötzlich hatte er Angst, sich dem Turm zu nähern; obwohl er wusste, dass er dort, genauer, *auf* dem Turm ganz sicher die Lösung für seinen Fall finden würde, verspürte er plötzlich riesige Angst, weil für ihn außer Zweifel stand, dass er keine acht Stufen der Treppe bewältigen werde, ohne dass ihn die Atemnot überwältigte. Und die panische Angst, herunterzufallen und sich den Hals zu brechen, die vor allem.

Mit einem Mal dröhnten ihm Kirchenglocken in den Ohren, dass es kaum auszuhalten war, und im nächsten Augenblick fand er sich im Bett. Das Geläut kam von der Pfarrkirche.

Umdrehen und weiterschlafen? Aber bei diesem grässlichen Lärm? Er erhob sich und trat ans Fenster. Es war früher Morgen, die Glocken läuteten wohl zur Frühmesse. Und ja, richtig, da trippelte Madame Kempff auf die Kirche zu, klein, gebückt, mausgrau.

# Kapitel 10

Vor dem Frühstück entschloss sich Harrwitz, einen Blick in seine Mails zu werfen. Hatte er etwa wieder eine Droh-Mail im Postfach?

Diesmal sogar zwei. Die erste, eingegangen gestern Abend, lautete:

*„Du wirst schon sehen das mit dem Werk des Antichristen keine Geschaefte zu machen sind – hier nicht und im ewigen Leben erst recht nicht! Dein Platz in der schlimmsten Hölle ist dir schon längst sicher und wir werden dir in dieser Welt einen intensiven Vorgeschmak geben, was dich dort erwartet! Deine einzige Chance, dein jämmerliches irdisches Leben noch natürlich zu Ende zu bringen, besteht darin das du augenblicklich aus Ribeauvillé verschwindest und dich nie wieder hier blicken läst – dies ist ein Ort für andächtige, fromme Pilger und nicht für Asis und Lumpenpack! Wenn du jedoch weiter all das was uns waren Christen heilig ist, herumwülst, dann kann dich kein Mensch auf dieser Welt mehr vor deiner wollverdienten Strafe bewahren.. Wir finden dich, wo immer du dich auch versteckst! Wir sorgen dafür, dass du die Hölle als Erlöhsung ansiehst!"*

Da hat sich aber jemand sehr bemüht, Rechtschreibfehler einzubauen, dachte er.

Die zweite, erst vor einer Stunde eingegangen, lautete:

*„Du fucking Schnüffler verpiss dich aus Ribeauvillé, ganz schnell! Du Gotteslästerer, du bist bis ins Mark degeneriert, entartet und pervers, noch schlimmer als Muslim! Mach dir weg, sonst schlagen wir tot! Leute wir du sollten müssen Schwanz ab kriegen und werden totgeschlagen wie Hund mit die Tollwut!"*

Verfluchte Internetseite, auf der jeder seine Mailadresse finden konnte! Zwei verschiedene, wieder nicht zuzuordnende Mailadressen. Völlig unterschiedliche Sprache, auch ganz verschieden von der ersten Mail. Gerade deshalb vermutete Harrwitz, dass es sich um ein und denselben Absender handle. Die Versuche des Schreibers der zweiten Mail, sich als nicht deutschsprachig zu geben, erschienen ihm allzu durchsichtig.

Aber wer war's? Carsten Walter? René Renaud? Musste es zwangsläufig jemand sein, den er persönlich kannte? Wieder könnte er die halbe Welt verdächtigen und kam keinen Millimeter weiter.

Noch ein Punkt: Nach nicht einmal zwei Tagen in Ribeauvillé hatte er gleich drei Mails erhalten, die ihn auf übelste Weise bedrohten. Die einzige plausible Erklärung erschien ihm, dass er tatsächlich einem Geheimnis auf der Spur war. Wenn der Mailschreiber auch nur die leiseste Ahnung gehabt hätte, wie ahnungslos er war!

Was war zu tun? Abreisen? Kam nicht in Frage! Genug, dass Walter mit ihm gespielt und sich über ihn lustig gemacht hatte! War er denn jedermanns Hampelmann? Und diesem Walter würde er es auch noch zeigen …

Nur: Wie? Streng deine Gehirnzellen an, Harrwitz, raunzte er sich selbst innerlich an. Lies die Chronik! Versuche, etwas über die ominöse Person namens Conny herauszubekommen! Sprich die Leute darauf an, vor allem die Kempffs! Rede mit Walter und schaue, was der sonst noch weiß! Und vor allem: Lies die Chronik!

Und ausgerechnet ich blutiger Anfänger soll – ?, sagte eine Stimme in ihm.

Gerade ich, antwortete eine andere Stimme. Wenn nicht ich, wer sonst! Jetzt bin ich nun einmal hier! Und auch wenn dieser Carsten Walter ständig seine idiotischen Spiele mit mir treibt, in einem hat er doch etwas sehr Richtiges gesagt, natürlich unbeabsichtigt, aber das trifft haargenau den Nagel auf den Kopf: Ich soll mich nicht vom erstbesten Wadenbeißer und Kläffer unterkriegen lassen. Und Herrgottsdonnerwetter, ich lasse mich jetzt nicht unterkriegen!

Aber als ihm Madame Kempff das Frühstück brachte, hatte er plötzlich Hemmungen, sie auf „Conny" anzusprechen. Selbstverständlich war sie freundlich wie immer (war sie überhaupt in der Lage, je einmal unfreundlich zu sein?), aber sie wirkte übernächtigt und aus irgendeinem Grund niedergeschlagen. Seine Frage, ob es ihr nicht gut gehe, blockte sie jedoch ab. Nein, nein, Monsieur, alles in Ordnung – eben nur die viele Arbeit und sie sei nun einmal nicht mehr die Jüngste.

So zog er sich wieder in sein Zimmer zurück und las in der Chronik.

Ein Bericht über einen Kreuzzug, wie er ihn von anderen historischen Quellen her kannte. Drastische Schilderungen, die kaum ein Klischee ausließen. Die Griechen aus Byzanz? Die Inkarnation von Lug, Trug und Hinterlist. Fast so schlimm wie die „Ungläubigen". Die Muslime selbst, diese Schänder der heiligen Stätten: nicht besser als die wildesten Wüstentiere, da mochten sie sich verstellen, wie sie wollten. Am besten, man metzelte sie nieder, wo man sie erwischte, ganz gleich, ob Männer, Frauen, Kinder, Alte, Junge. Und wenn das Muslimblut vom Messer rann, ging es in die nächste Kirche, um dem Christengott für den Erfolg dieser Unternehmung zu danken. Das Blut der „Ungläubigen" schien geradezu zur religiösen Ekstase zu stimulieren – je mehr Blut, desto inbrünstiger die Gebete und Choräle.

Und gleich nach derartigen Exzessen genossen die Kreuzfahrer die Genüsse des Orients in vollen Zügen. Ziegenfleisch, Hammelfleisch, Rindfleisch mit den erlesensten

Früchten und Gewürzen, mit Orangen und Kaktusfeigen, mit Pfeffer, Vanille und Gewürznelken, dazu Unmengen von Wein bis zur Besinnungslosigkeit. Gleich danach wieder die Strapazen von Ritten unter der unerträglichen Wüstensonne, wobei die räuberischen Muslime nur darauf warteten, die erschöpften Kreuzritter meuchlings umzubringen.

Schließlich erzählte der unbekannte Verfasser detailreich die rührende Legende, die berichtete, wie Egelolf von Rappoltstein an die wundertätige Ikone gekommen sei. Im Heiligen Land half demnach dieser Ritter bei der Verteidigung einer Burg gegen die Muslime, wurde dabei verwundet und musste fürchten, wie so viele andere langsam und qualvoll am Wundfieber zu sterben. In seinem Krankenzimmer fand sich eine Ikone, ein Heiligenbild mit der Jungfrau Maria, zu der er in seiner Todesangst betete – und siehe da, er genas. Zum Dank dafür, dass Egelolf für ihn sein Leben riskiert hatte, schenkte der Burgherr dem Rappoltsteiner die Ikone und dieser brachte sie wohlbehalten ins Elsass, wo sie fortan zahllosen Pilgern Zuflucht in allerlei Notlagen bot.

Inzwischen war es Mittagszeit geworden. Heute war die „Winstub Au Nid d'Aigle" geöffnet; so ging er nach unten, um seine geliebte Zwiebelsuppe zu essen. Beide Kempffs standen an der Theke, als er die leere Gaststube betrat.

Jetzt oder nie!

Entschlossen trat er zum Tresen. „Entschuldigen Sie, bevor ich esse … „

„Ich gehe schon in die Küche, Monsieur, heute kann ich ..."

„Einen Moment, bitte, Madame." Fast klang er für seinen Geschmack zu resolut. Wie ein Hauptkommissar beim „Fall für zwei", dachte er.

„Madame, Monsieur, Sie können mir vielleicht weiterhelfen. Der Vater meines Kollegen Senger hat mich vorhin auf dem Handy angerufen, er überlegt sich, einen Privatdetektiv einzuschalten, um herauszufinden, was es mit dem spurlosen Verschwinden seines Sohnes auf sich hat."

Monsieur Kempff schaute ihn unbewegt an. Unbewegt? Oder beunruhigt? Wenn man doch in die Menschen hineinsehen könnte!

„Ich habe dem Vater Senger versprochen, mich ein bisschen umzuhören. Nicht dass ich hier herumschnüffeln möchte, aber vielleicht können Sie mir sagen ... Also Herr Senger soll hier mit jemandem namens Conny Kontakt gehabt haben, vermutlich eine Beziehung ..."

Madame Kempff schien völlig perplex.

„Aber so heißt doch – "

„Nein, Monsieur, da können wir Ihnen nicht helfen. Wir kennen niemanden, der so heißt", sagte Monsieur Kempff schnell.

„Aber Ihre Frau – "

„Nein, nein, Monsieur, ich habe mich getäuscht. Ganz sicher. Heute kann ich Ihnen Entenbrustfilet in grüner Pfeffersoße empfehlen, als Vorspeise hausgemachte Pastete und als Dessert Sorbetteller. Unser heutiges Tagesmenu. Sehr gut und nicht teuer, nur 19 Euro."

Keine Zwiebelsuppe!

„Das nehme ich gerne, Madame", log er.

Noch bevor er diesen Satz beendet hatte, trippelte Madame Kempff schon in die Küche.

# Kapitel 11

Den Nachmittag verbrachte Harrwitz in seinem Zimmer. Er las noch in der Chronik, die ihm allerdings nichts Brauchbares mehr bot. Seitenweise Schilderungen von allerlei Wunderheilungen, die die Ikone angeblich bewirkt hatte, sonst nichts mehr.

So legte er sich noch ein wenig schlafen und entschloss sich dann, den merkwürdigen Elsässer Stammtisch im Restaurant „Aux Chevaliers de Malte" zu besuchen. Auch wenn er sich davon nichts versprach – ihn trieb die Neugierde. Und im Augenblick gab es für seine Aufgabe ohnehin nichts Dringendes zu tun.

Als er das Restaurant betrat, saßen schon sieben mehr oder weniger alte Männer am Stammtisch. Harrwitz ging hin, stellte sich vor und fragte, ob er sich dazusetzen dürfe, der Stammtisch interessiere ihn.

Der Alte, der ihm am Tag vorher von diesem Stammtisch erzählt hatte, war auch da. Ein ehemaliger Apotheker. Sonst waren noch ein pensionierter Lehrer und ein ehemaliger Bäcker unter den Anwesenden. Jeder an diesem Tisch hat die Silbe Ex vor seiner Berufsbezeichnung, ging es Harrwitz durch den Kopf. Alle haben ihre Zukunft hinter sich. Und ich?

Aber lebhaft und aufgedreht waren sie, Harrwitz fühlte sich gleich wohl.

„Es tut mir ja Leid, dass ich kein Elsässisch spreche ...", sagte Harrwitz.

„Ach, das ist kein Problem", sagte einer der Alten.

„Der muss das gerade sagen!"

„Der kann doch selbst kein Elsässisch! Wenn einer schon aus Obernai kommt! Vom Bas-Rhin! Was reden die dort überhaupt?"

„Bei uns ist jeder willkommen, der uns versteht. Und mit dem wir uns verstehen."

„Also keine Schweizer!"

„Wieso denn keine Schweizer?", fragte Harrwitz.

Lautes Gelächter.

„Ja, wissen Sie", sagte der Apotheker ganz ernst, „die Schweizer geben sich den Anschein der Seriosität und darüber sind sie reich geworden."

„Weil du in deiner Apotheke so seriös warst, du Giftmischer!"

„Und hast du für deine selbstgedrehten Pillen etwa kein Geld genommen?"

„Und nicht zu knapp!"

„Wissen Sie übrigens, ob der Kellner hier – wie heißt er doch gleich wieder, ich habe seinen Namen vergessen ..."

„Conny", sagte der Apotheker.

„Der schöne Conny", rief der pensionierte Lehrer.

„Ob er meinen Kollegen Senger – "

„Ja, Ihr Kollege war doch noch ziemlich jung, oder`?"

„Wenn Conny die Möglichkeit gehabt hätte ... Nicht wahr, Conny?"

Schallendes Gelächter. Der Kellner blickte nicht von seinem iPod auf.

„Mir noch einen Pinot blanc!"

„Mir einen Muscat!"

„Lässt sich nicht aus der Reserve locken", sagte Harrwitz.

„Ach, der? Der soll mal ganz still sein ..."

„Und sich nur ja nicht erwischen lassen", rief der Bäcker.

„Warum? Willst du deinen Mops auf ihn hetzen?"

„Wenn ich eine Quietsch-Maus wäre, hätte ich sicher Angst vor ihm ..."

Allgemeines Zutrinken.

„Aber eines muss ich sagen, Monsieur Harrwitz", rief der Apotheker, „es hätte schlimmer kommen können!"

„Was hätte schlimmer kommen können?"

„Na, es hätte was Schlimmeres kommen können als Sie! Ihre Universität hätte etwas Schlimmeres hierher nach Ràpschwihr schicken können als Sie ..."

„Ihr Kollege hat uns nicht so ganz ernst genommen – anscheinend wegen unseres Dialekts ..."

„So ein Blödsinn!", entfuhr es Harrwitz.

„Wieso Blödsinn?"

„Na, jemanden nicht ernst zu nehmen, weil er Dialekt redet ..."

„Da haben Sie Recht, Monsieur. Auf Ihr Wohl!"

Allgemeines Zutrinken.

„Ja, Ihr Kollege, der Monsieur Senger ..."

„Das muss man verstehen, der war halt ein sehr gescheiter Mann – jung, modernes Mountainbike – was wollte der da mit uns ..."

„'Ich kehre in mich selbst zurück und finde eine Welt' – sehen Sie, wir kennen hier auch Goethe, aber wenn man jung ist – und gescheit – und Papa Geld hat … Also wir verstehen das."

„So, Herr Historiker, jetzt erzählen Sie mal – was steht denn nun in Ihrer Chronik?", fragte der Lehrer.

„Haben Sie sie noch nicht gelesen?" Harrwitz war aufrichtig überrascht.

„Ach, wissen Sie, der hat dazu keine Zeit."

„Kennen Sie übrigens den elsässischen Rentnergruß? Wie sich zwei Rentner im Elsass grüßen, wenn sie sich auf der Straße treffen?"

„Kè Zitt, kè Zitt!“

„Warum haben Sie denn keine Zeit, sie zu lesen?“, fragte Harrwitz den Ex-Lehrer.

Riesengelächter.

„Noch nicht dazu gekommen. Und von den Lümmeln da lassen Sie sich nichts erzählen!“, sagte der Lehrer und schaute streng. Erneutes Gelächter.

„Jetzt müssen wir aber ruhig sein, sonst schickt er Briefe an unsere Eltern!“

„Monsieur, Sie müssen wissen“, sagte der Apotheker betont wichtig, „unser alter Schulmeister schreibt an einem Buch!“

„Ja, an einem ganz dicken Buch!“

„An einer mehrbändigen Enzyklopädie!“

„Für so was hat man halt nur als Lehrer Zeit ...“

„Worüber denn?“, fragte Harrwitz.

„Sehen Sie, Monsieur, jetzt haben Sie ihn zum Freund gewonnen!“

„Gleich gibt er Ihnen einen Vogelbeerschnaps aus!“

„Oder eine Kugel Brennesseleis von seiner Frau, damit er es nicht selber essen muss.“

„Immer noch besser als früher etwas Zusammengepanschtes, Halbvergiftetes aus deiner Hexenküche, du dubioser Pillendreher!“

„So geht das seit Jahren, das ist nicht zu glauben“, sagte der Lehrer ohne das kleinste Anzeichen des Ärgers.

„Seit Jahren! So lange schreibt er schon an seinem Buch! Und wer weiß, wenn er hundert wird, wird er sogar fertig ...“

„Das wird eine umfassende Enzyklopädie über den Adel im Oberelsass, Schwerpunkt spätes Mittelalter. Kostet mich wirklich seit Jahren jede freie Minute.“

„Die ihm seine Frau lässt!“

Gekicher.

„Verstehe“, sagte Harrwitz. „Das ist ja interessant, was Sie da vorhaben.“ Und er dachte: Hoffentlich erzählt dieser Freizeit-Historiker, dieser pensionierte Dorfschulmeister jetzt nicht eine Stunde lang über den oberelsässischen Adel!

„Aber was steht eigentlich in der Chronik? Man hört ja viel ...“

„Würde mich auch interessieren. Conny, bringst du mir noch ein Bier?“

„Gut, kein Problem – was wollen Sie wissen?“

„Am besten alles!“

„Je versauter, desto besser!“

„Na, ja, das tut mir jetzt aufrichtig leid, Versautes steht nichts in der Chronik.“ Stimmt eigentlich, fuhr es ihm durch den Kopf – dass mir das nicht aufgefallen ist! Das Thema Frauen und Sex wird total ausgespart, den Typen von erloeserkreuz.net würde das vermutlich gefallen.

„Das ist ja langweilig!“

„Na, ja, langweilig würde ich das jetzt nicht nennen“, sagte Harrwitz. „Es ist halt eine typische Kreuzzugschronik. Viel Blutrünstiges, schildert auch die irrsinnigen Strapazen der Kreuzritter, zieht nach Strich und Faden über Muslime, aber auch über Griechisch-Orthodoxe her. Aber manchmal haben die Kreuzritter auch gelebt wie – na, ja, Sie würden wohl sagen: wie Gott im Elsass. Haben gegessen und getrunken, was sie kriegen konnten, alles mögliche Fleisch, die tollsten Gewürze, Pfeffer, Gewürznelken, Vanille, was weiß ich, was sonst noch! Dann wieder seitenweise Wundergeschichten über die Ikone, Wunderheilungen ...“

„Moment mal“, sagte der Lehrer. Sein Gesichtsausdruck verriet große Spannung.

„Jetzt hat er eine Spur.“

„Alter Spürhund!“

„So hättest du deinen Mops wohl auch gern? Wegen der Maulwürfe in deinem Garten?"

„Sie haben da gerade Gewürze aufgezählt – auch Vanille", sagte der Lehrer.

„Ja, warum?"

„Das steht so in der Chronik? Vanille? Steht das ausdrücklich drin? Sind Sie sich da sicher?"

„Klar, Vanille ist erwähnt."

„C'est incroyable ..."

„Noch ein französisches Wort an unserem Elsässischen Stammtisch und du gibst eine Runde Framboise sauvage aus!"

Der alte Lehrer registrierte diese Worte gar nicht.

„Ich verstehe nicht ..."

„Jetzt hat er seinen großen Auftritt. Conny, sei lieb und bring mir einen Milchkaffee!"

„Lieber Herr Historiker", sagte der Lehrer, „Vanille können die Kreuzfahrer doch gar nicht gekannt haben! Weil die Vanille aus der neuen Welt kommt! Und erst von den Entdeckern ..."

„Was sagen Sie da?"

„Mit der Chronik stimmt etwas nicht! Um das Mindeste zu sagen. So einfach ist das! Die Vanille stammt definitiv aus Amerika! Aus Mittelamerika, wenn Sie's ganz genau wissen wollen!"

„Voilà! Das hat er wieder schnell gehabt, unser Schulmeister!"

„Kompliment. Vanille aus Amerika?"

„Hätte ich auch nicht gewusst ..."

„Conny, l'addition! 's ìsch Zitt!"

„Wie geht's eigentlich der hübschen Tochter der Kempffs?"

„Tochter?", fragte Harrwitz verwundert. „Haben die denn eine Tochter? Die habe ich noch gar nicht gesehen ..."

„Vor Touristen wird sie immer sorgfältig versteckt ..."

„Klar haben die eine Tochter."

„Und was für ein heißer Feger! Nur lässt sie niemanden ran."

„Oh, oh, das kann man sagen!"

„Stimmt es, dass sie vor kurzem den alten Jacques aus Bergheim, der ist neunzig, glaube ich, wegen sexueller Nötigung angezeigt hat? Es heißt, sie saß in ihrem Auto und telefonierte und er klopfte an ihre Scheibe, weil er ihr sagen wollte, dass sie genau die Einfahrt des Weinguts seiner Familie versperre – dazu soll er gar nicht gekommen sein, sie schrie und keifte wie eine Furie und dann kam die Anzeige. Stimmt das?"

„Wobei die Mutter, die Madame, früher auch – aber das ist eine Weile her ... Traut man ihr gar nicht mehr zu, wenn man sie heute sieht ..."

„Die Tochter wohnt jetzt, soviel ich weiß, irgendwo außerhalb und arbeitet in Colmar ..."

„Wie heißt sie denn?", fragte Harrwitz. Später hätte er nicht zu sagen vermocht, wie er auf diese Frage gekommen war.

„Conny!"

Im Kopf von Harrwitz brach das pure Chaos aus. Conny? *Conny??*

„Monsieur, was ist mit Ihnen? Sie schauen ja wie – wie – "

Wie der Ochse vor dem frisch gestrichenen Scheunentor, dachte Harrwitz. Sag's ruhig! ...

„Hat jemand von uns etwas Falsches gesagt?"

„Nein, nein, alles in Ordnung ..."

Harrwitz fühlte sich wohl im Restaurant „Zu den Malteser Rittern". Zudem war er zufrieden mit sich. Endlich ein greifbares Ergebnis! Natürlich wusste er als Historiker, dass er nicht so weit gehen durfte, die gesamte Chronik als Fälschung zu bezeichnen, nur weil darin ein Gewürz erwähnt war, das die Kreuzfahrer nicht hatten kennen können – wenn denn der pensionierte Lehrer Recht hatte, was er noch im Internet nachprüfen musste.

Falls dieser jedoch Recht hatte, dann war sie zumindest mit einem nachträglichen Zusatz versehen worden. Aber warum? Und nur mit *einem* Zusatz? Grund genug, an ihrer Echtheit zu zweifeln, hatte er allemal. Dabei war der Fehler mit der Vanille – immer vorausgesetzt, der Alte hatte Recht – so einfach gewesen, dass er doch eigentlich schon früher hätte auffallen müssen! Seltsam.

Zudem war auch das Fehlen erotischer Episoden ein Indiz gegen die völlige Echtheit der Chronik. Nicht einmal vage angedeutet wurden die. Dabei lebten die Kreuzritter doch sicher nicht keusch wie die Mönche. Ganz im Gegenteil!

Die Chronik möglicherweise eine Fälschung! War das der Schlüssel zur Lösung? War David Senger deshalb verschwunden, musste er womöglich sogar sterben, weil er die Fälschung durchschaut hatte? Langsam, Harrwitz, langsam, bremste er sich immer wieder – *wenn* die Chronik denn eine komplette Fälschung ist!

Aber das war ja nicht die einzige Erkenntnis dieses Abends. Da gab es noch Conny! Die Kempffs hatten eine Tochter namens Conny! Und der alte Kempff hatte behauptet, sie kennen keine Conny! Wenn das nicht verdächtig war! Sonderbar: Erst stocherte er gleichsam endlos im Nebel herum, und je mehr er stocherte, desto undurchschaubarer wurde alles. Und dann kam plötzlich alles auf einmal!

Aber war das wirklich ein brauchbarer Ansatz? Keiner verstößt und verleugnet doch heutzutage seine Tochter, nur weil sie etwas mit einem jungen Mann hat!

Trotzdem ...

Zur Belohnung (aber wofür eigentlich, ich habe doch nur den schwadronierenden Opas am Elsässer Stammtisch zugehört – aber egal, dachte er) beschloss er, in diesem Restaurant zu Abend zu essen. Zumal hier nicht nur Zwiebelsuppe, sondern auch Coq au Riesling angeboten wurde. Ein elsässisches Nationalgericht. Die nächsten zwei Stunden ließ er es sich prächtig gehen.

Als er zu seinem Quartier zurückging, war es schon nach 22 Uhr. Die Straßen waren ziemlich leer, zumal keine Ausflügler mehr da waren. Das Wetter hatte sich endlich gebessert, sogar der Mond war hervorgekommen; er und die Straßenlaternen, die Harrwitz jetzt doch als sehr geschmackvoll und stilistisch durchaus passend ansah, tauchten die engen Gassen und die alten Fachwerkhäuser in ein zauberhaftes, geradezu verklärtes Licht.

Harrwitz ließ sich viel Zeit, saugte sich förmlich mit der Atmosphäre voll wie ein Schwamm – das war Elsass pur, so, wie man es sich rechts des Rheins vorstellte, wie man es liebte. Wenn es jetzt in den Fenstern kein elektrisches Licht gäbe und die Restaurants und Weinstuben ein bisschen weniger zahlreich wären, könnte man sich fast in eine frühere Zeit versetzt fühlen, dachte er wohlig.

Plötzlich fuhr er aus seinen Träumereien hoch: War da nicht eben Manfred Senger in einem Hoteleingang verschwunden? Unverkennbar? Aber das war doch völlig unmöglich!? Er blickte genauer hin. Niemand mehr zu sehen. Unsinn, wohl zuviel Riesling getrunken! Da sieht man dann Gespenster.

A propos Gespenster: In einer schattigen Ecke drückten sich ein paar Jugendliche herum. Fast gespenstisch wirkten sie, man sah nur die Konturen. Gott, ja, sagte er sich – das kann doch alles und nichts bedeuten! Jetzt lass mal die Kirche im Dorf! Und hast du in dem Alter nicht auch – ?

Er überlegte, ob er noch auf einen Absacker oder ein Glas Gewürztraminer – etwas Besonderes zur Feier des Tages – irgendwo einkehren sollte, verwarf das dann aber, weil er die zwei Viertel Riesling, die er am Stammtisch und zum Abendessen getrunken hatte, nun doch spürte. Betrinken wollte er sich jetzt denn doch nicht, da täte es ihm um den schönen Abend Leid.

Die Jugendlichen trieben sich immer noch in seiner Nähe herum. Lauter Männlein? Oder auch Weiblein? Was wollten die nur? Und immer in schattigen, finsteren Winkeln; jetzt schlichen sie in eine stockdunkle Einfahrt, schienen aber dort stehen zu bleiben. Du liebe Güte, wenn es ihnen ums Knutschen ging – man lebte ja nicht mehr im 19. Jahrhundert! Wozu denn das Versteckspiel!

In aller Gemütsruhe spazierte er durch die Grand'Rue, spielte ein wenig mit einem jungen Mischlingshund, den sein altes Herrchen Gassi führte, und bog in die Rue du Maire Dr. Ley ein. Sie war noch dunkler als gestern, offenbar hatte eine weitere Laterne den Geist aufgegeben. Na, sein Quartier sollte er ja wohl finden.

Als er sich umsah, erkannte er, dass ihm die Jugendlichen offensichtlich gefolgt waren. So leise, dass er sie nicht gehört hatte. So verhielten sich doch sonst keine jungen Leute, die waren doch normalerweise eher laut! Aber warum das alles, um Himmels Willen? Was wollten sie bloß? Und hier in dieser dunklen Ecke …

Dann ging alles ganz schnell. Wie auf ein stummes Signal stürmten sie auf ihn ein und umringten ihn, drei, nein, vier offenbar jüngere Männer, man erkannte nur die Umrisse und sie schienen auch Kapuzen zu tragen, so dass man kaum ihre Gesichter sehen konnte. Keiner gab einen Laut von sich; ehe er auch nur einen Gedanken hatte fassen können, hatten zwei ihn gepackt und schubsten ihn weg; bevor er stürzen konnte, packten ihn die anderen und stießen ihn wieder zurück. Immer wieder, immer wieder und immer völlig lautlos. Alles in ihm war in höchster Anspannung. Wenn er nur ihre Gesichter erkennen könnte! Aber er nahm lediglich Umrisse wahr. Grinste ihn einer nicht breit an? Mein Gott, fuhr es Harrwitz durch den Kopf, was habe ich denen denn getan? Endlich hielten ihn zwei fest, ein Dritter pflanzte sich vor ihm auf, holte weit aus, einmal, zweimal, und schlug ihm die Faust in den Magen. Er spürte keinerlei Schmerz. Im nächsten Augenblick fühlte er sich gegen eine Häuserwand gestoßen und fiel auf den Hosenboden, worauf die vier wie auf Kommando stumm davonrannten.

Harrwitz brauchte einige Augenblicke, bis er wieder einen klaren Gedanken fassen konnte. Das erste, das ihm in die Augen fiel, war ein Pappschild in einem Hausfenster: „À vendre."

Im nächsten Augenblick stand eine dunkle Gestalt vor ihm.

„Um Gottes Wìlla, wàs ìsch denn pàssiart?"

Der alte Pfarrer Muller. Ausgerechnet.

„Nichts, nichts", stieß Harrwitz hervor und stampfte wütend auf sein Quartier zu.

# Kapitel 12

Also doch!

Als Harrwitz am nächsten Morgen die Gaststube betrat, um zu frühstücken, saß Manfred Senger in einer Ecke und grüßte kurz hinter seiner Zeitung hervor. Einer französischen Zeitung, der Angeber.

„Ich bringe Ihnen gleich Kaffee ..."

Täuschte er sich oder hätte sich Madame Kempff am liebsten in einem Mauseloch verkrochen? Es sah so aus, als nutze sie nur zu bereitwillig die Gelegenheit, sich erst einmal in die Küche zurückzuziehen.

„Sie wollen sicher jetzt frühstücken, Herr Harrwitz – ich habe Zeit ..."

Nur, dass ihm das Frühstück nicht schmecken wollte. Bei jedem Bissen zerbrach er sich den Kopf darüber, wieso Senger hier aufgetaucht war. Um ihn zu kontrollieren? Um ihm klarzumachen, dass er der lausigste Detektiv unter der Sonne war? Oder warum sonst? Übrigens auch: Wann war er aufgetaucht? Seit wann überwachte er ihn?

Wollte er womöglich sogar einen Teil seines Geldes zurück? „Verrechnen Sie den Vorschuss mit Ihrem Honorar und Ihren Spesen und dann ... Ich erwarte, dass Sie jeden Betrag belegen können ..."

Madame Kempff ließ sich Zeit mit dem Kaffee, und als sie ihn endlich vor Harrwitz stellte, vermied sie jeden Blickkontakt. Sowohl mit ihm als auch mit Senger. Den mit Senger, so schien es Harrwitz, ganz besonders.

„Madame Kempff, bringen Sie mir auch noch einen Kaffee! Mit Milch, ohne Zucker."

Was wusste sie? Auf jeden Fall mehr, als sie zugab. Aber das traf ja auf jeden zu, der in irgendeiner Weise mit dem Fall zu tun hatte. Ob Harrwitz noch die Zeit bekam, die Wahrheit herauszufinden? Und welche Wahrheit?

„Gehen wir in Ihr Appartement!"

„Appartement", sagte Senger. „Appartement"! Und der Geldprotz hatte sicher in einem der besten Hotels von Ribeauvillé Quartier bezogen!

„Bitte nehmen Sie Platz … Soll ich Tee kochen?"

Senger deutete ihn mit einer angedeuteten Handbewegung an, dass er keineswegs zum Teetrinken gekommen sei.

Er wirkte irgendwie verändert. Waren das in seinem Gesicht die Spuren von Übernächtigung? Fahle Farbe, die Haare nur notdürftig geföhnt und gekämmt, der Blick unstet. Kratzte seine letzte Energie zusammen, um sich resolut zu geben. Das war nicht mehr der sportliche, selbstbewusste Senger, der unumstrittene Chef im Ring, den Harrwitz von Mannheim her kannte.

„Herr Harrwitz, ich denke, dass wir Ihren Auftrag abschließen sollten ..."

Er schaute Harrwitz nicht ins Gesicht.

„Sie scheinen in ein wahres Wespennest gestochen zu haben – der Präsident hat mich beschworen ..."

„Welcher Präsident? Der im Tourismusbüro?"

„Kennen Sie einen anderen? Außer in Paris."

Immerhin war Senger noch fähig zu Ironie. Aber alles klang saft- und kraftlos.

„Na, dass der jammert und klagt, ist ja kein Wunder ..."

„ Wenn Sie wüssten, was sonst noch … Herr Harrwitz, ich bitte Sie inständig: Packen Sie Ihre Sachen und fahren Sie nach Mannheim zurück! Behalten Sie Ihre 2000 Euro! Und

Ihre Unterkunft und Essen und Trinken hier bezahle ich Ihnen auch."

Harrwitz sah ihm direkt ins Gesicht. Senger schien dem Blick nicht standhalten zu können.

„Ok, ich lege Ihnen noch einmal 2000 Euro drauf, überlegen Sie sich's gut ..."

Noch einmal 2000 Euro, also insgesamt wären das 4000! Das würde ihm schon für die nächsten Monate alle finanziellen Sorgen nehmen. Aber warum?

„Ich bitte Sie – ist Ihnen das zu wenig Geld? Bedenken Sie doch ..."

Harrwitz blickte ihn reglos an. Später stellte er mit einem Hang zur Selbstironie fest, dass er das aber schnell gelernt habe.

„Herr Senger", sagte er schließlich eindringlich, sich die Worte genau überlegend, *„wovor haben Sie Angst?"*

„Angst?"

Senger wurde noch unruhiger.

„Wenn Sie wüssten ..."

Harrwitz wurde zornig.

„Wenn ich *was* wüsste, Herr Senger? Wenn ich *was* wüsste?"

Senger sah unter sich.

„Herr Senger, ich helfe Ihnen gerne. Mit meinen bescheidenen Möglichkeiten. Ich bin kein Seelsorger und kein Gesprächstherapeut, sondern Privatdetektiv. Aber Sie haben mir von Anfang an keinen reinen Wein eingeschenkt. Lassen Sie mich ausreden! Sie haben mich nicht einmal in Ihr Haus gelassen, geschweige in Davids Zimmer, mit der – nehmen Sie es mir nicht übel – schon ein bisschen fadenscheinigen Begründung, es sei ausgeräumt. Haben Sie denn Davids persönliche Sachen, irgendwelche Erinnerungen an seine Kindheit – haben Sie die zum Sperrmüll gegeben? Lassen Sie mich bitte ausreden! Dann erzählen Sie mir, dass Sie Davids Adresse in Mannheim nicht kannten, und machen mir weis, dass das die normalste Sache der Welt sei. Und jetzt kommen Sie zu mir, übernächtigt, fast schon verzweifelt, und versuchen, mich mit Geld dazu zu bewegen, mit den Ermittlungen aufzuhören! Ich glaube, wenn ich Sie jetzt noch ein paar Minuten schmoren lassen würde, dann wären Sie auch soweit, 10.000 oder 20.000 Euro zu bezahlen – was soll ich daraus schließen? Dass ich die Wahrheit nicht finden soll! Haben Sie auch Droh-Mails bekommen?"

Harrwitz sah Senger an, dass er das Richtige getroffen haben könnte.

„Für mich liegt auf der Hand, dass Sie die Wahrheit weitgehend wissen. Vielleicht nicht die Wahrheit über Davids Verschwinden, das nicht, sonst wären Sie nicht zu mir gekommen. Aber Sie wissen, was es mit David auf sich hat. Natürlich wissen Sie das, er ist doch Ihr Sohn! Ist er unehelich, ist er nicht bei Ihnen zu Hause aufgewachsen – und Ihre Frau darf nichts wissen? Meine Güte, dann sagen Sie es mir und ich versuche alles, Ihre Frau außen vor zu lassen – die scheint bei der ganzen Sache ohnehin keine Rolle zu spielen! Diskretion gehört doch zu meinem Geschäft!"

Harrwitz hatte sich in Rage geredet wie schon lange nicht mehr. Jetzt atmete er tief durch. Beide schwiegen sich eine Zeitlang an.

Endlich erhob sich Senger, müde, mühsam, langsam, als fiele ihm jede Bewegung schwer.

„Gut, machen Sie, was Sie für richtig halten, solange Sie es verantworten können. Aber ich bitte Sie, Harrwitz, ich bitte Sie um alles in der Welt ..."

„Senger, ich bitte ***Sie***!"

„Für Sie immer noch Herr ..."

Aber das kam nur noch gemurmelt. Im nächsten Augenblick sank Senger wieder auf den Stuhl.

„Wollen Sie Ihren David denn opfern? Wenn ich überhaupt noch eine Chance haben soll, ihn wiederzufinden … "

„Ist ja gut, Harrwitz – bevor Sie es aus mir herausprügeln … "

Meinte Senger das etwa ernst?

„Ich organisiere eben mal zwei Gläser Riesling, ich glaube, den können wir jetzt beide vertragen." Harrwitz trat vor die Tür. Unten rumorte Madame Kempff geräuschvoll in der Küche.

„Madame, könnten Sie so gut sein ..."

Sie schaute herauf, was sie noch kleiner und gebückter erscheinen ließ. „Ja, Monsieur?"

„Zwei Gläser Riesling ..."

„Sofort, Monsieur ..."

„So, Herr Senger – jetzt legen Sie mal los!"

Lange Pause. „Es hat ja doch keinen Zweck ..."

Madame Kempff kam mit dem Riesling. Aus ihrer geduckten Haltung blickte sie die zwei Männer so aufmerksam an, wie es ihr in ihrer Verfassung möglich war.

„Gut, ich will nicht mehr länger um den heißen Brei herumreden – David ist unehelich. Die unliebsame Folge eines Seitensprungs, lassen Sie mich das mal so sagen. Mit einer Verkäuferin bei Schlecker in Mannheim, die in allen möglichen Filialen aushalf, wo es eben gerade nötig war, und sich nebenbei vermutlich ein bisschen Geld – also wenn Sie sie damals gesehen hätten ..."

„Und Ihre Frau – ?"

„Klar. Wenn die was erfahren hätte, wäre es aus gewesen." Das Übliche: Weil sie den Großteil des Besitzes in die Ehe eingebracht hatte. Und so weiter und so fort.

„David wuchs bei seiner Mutter auf. Deshalb konnte ich Ihnen ja schlecht sein Zimmer zeigen. Und wenn Sie aufgetaucht wären und nach meinem Sohn gefragt hätten ..."

„Und Sie haben seine Ausbildung finanziert?"

„Verstehen Sie doch – Seitensprung hin oder her ... "

„Logisch, er ist Ihr Sohn." Beinahe hätte Harrwitz „war" gesagt.

„Und ihm sollte nichts fehlen – und er sollte es auch einmal besser als seine Mutter haben ... "

„Sprechen Sie weiter!"

„Natürlich habe ich ihm auch sein Studium bezahlt – er wird bestimmt mal ein guter Historiker ... Die Dame, also seine Mutter, lebte von da an von meinem Geld, hörte auf zu arbeiten und drohte immer mal ... Aber versprechen Sie mir, Herr Harrwitz, versprechen Sie mir hoch und heilig – meine Frau ist so was von eifersüchtig, geradezu krankhaft ..."

Als in diesem Augenblick Harrwitz' Handy einen Anruf meldete, krampfte sich ihm die Magengegend zusammen. Ihm war sofort klar, dass es sich nur um etwas äußerst Unangenehmes handeln könne.

„Ich bin's, Carsten Walter."

Im Hintergrund hörte Harrwitz laute Stimmen Französisch reden. Alles ganz abgehackt, die Verbindung war sehr schlecht.

„Sie sollten schnell mal raufkommen, zum Rocher des Reptiles, also zum Reptilien- oder Echsenfels – es ist – "

Wieder eine laute Stimme, die ihn offenbar unterbrach – sie redete so schnell, dass Harrwitz kein Wort verstand.

„Ich kann Ihnen das jetzt nicht am Telefon sagen. Bitte kommen Sie rauf, so schnell es irgendwie geht!"

Was konnte sein? Hatten sie etwa David – ? Ausgerechnet jetzt? Und nach fast sieben Monaten? Und das bedeutete doch unweigerlich, dass er ...

Herrgott nochmal, ihm gegenüber saß Senger und starrte ihn fassungslos an. Wie sage ich ihm jetzt – ?

Diese verdammte Schnapsidee mit der Detektei! Und jetzt hänge ich unversehens in einer Tragödie! In einer Tragödie, die noch gar nicht absehbar ist! Haben sie ihn doch – ? Diese verdammten religiösen Fanatiker? Und würden sie nicht als Nächsten ***ihn*** – ? Völlig erbarmungslos und ohne mit der Wimper zu zucken! Stets mit einem Halleluja auf den Lippen! Diese Verbrecher! Diese Mörder! Und das im 21. Jahrhundert!

Oder doch nicht? War doch alles ganz anders?

Es half ja alles nichts – er musste mit dem Auto möglichst weit hinauffahren, am besten zum Pass „Croix de Ribeauvillé", und von dort zu Fuß zum Echsenfels. Und Senger am besten mitnehmen.

# Kapitel 13

„Bestimmt was Schlimmes … David?“

„Weiß nicht ...“

„Sie brauchen mich nicht zu schonen ...“

„Ich weiß im Augenblick auch nicht mehr als Sie. Wirklich. Da wollte anscheinend jemand nicht, dass mir dieser Herr Walter etwas am Telefon erzählte ...“

Dabei wäre es ein so schöner Wanderweg gewesen. Ein ziemlich steiler Pfad durch den herrlichsten Mischwald, geradezu protzend mit frühlingshaft frischem Grün, Grün in allen Tönen, dazwischen überall gelb blühender Ginster. Aber dafür hatten sie keinen Blick. Der Weg brachte sie lediglich gehörig aus der Puste.

Verdammt nochmal, wenn wir doch schon oben wären!, dachte Harrwitz immer wieder. Er hatte so gar keine Ahnung, wie er mit Senger umgehen sollte, und für diesen war die Ungewissheit noch viel schlimmer als die fürchterlichste Gewissheit.

Das Felsmassiv namens Rocher des Reptiles, das beide noch nicht kannten, kündigte sich ihnen zunächst akustisch an – durch mehrere laute Stimmen. Dann traten sie auf die Felsplattform, eigentlich ein traumhafter Platz zum Rasten, Träumen, die Blicke ins Unendliche schweifen lassen. Und tatsächlich, Harrwitz musste zweimal hinschauen, um es zu realisieren: Da lagen zwei riesige, vielleicht fünf oder sieben Meter lange steinerne Echsen auf der Plattform, fast wie zu Stein gewordene Dinosaurier.

Gleich kamen zwei Männer auf sie zu. Carsten Walter war der eine, er stellte den anderen als Commissaire divisionnaire de Vries vor, der die Ermittlungen leite. Ein etwas rundlicher, knapp durchschnittlich großer oder kleiner Mann mit leicht gerötetem Gesicht und rötlichen Haarstoppeln, die auf wenige Millimeter gestutzt waren. Wie eine willenlose Puppe streckte Harrwitz dem Kommissar die Hand zur Begrüßung hin. Der reagierte gar nicht darauf. Er war in der größten Hektik.

Und wenn Harrwitz und Senger erwartet hatten, nun erst einmal aufgeklärt zu werden, dann wurden sie jetzt enttäuscht. De Vries hatte offenbar weder Zeit noch Lust zu irgendwelchen Erklärungen. Notgedrungen wandten sie sich an Walter.

„Ich fürchte, sie haben David Senger gefunden." Seltsam, Walter wirkte gar nicht mitgenommen. Im Gegenteil! Jedenfalls musste sich Harrwitz gegen diesen Eindruck erst einmal wehren.

„Und – so reden Sie doch!", sagte Harrwitz. Dann fiel ihm ein, dass dazu Sengers Anwesenheit nicht unbedingt förderlich war.

„Jetzt – nach mehr als einem halben Jahr ..."

Der Kommissar rief ihnen etwas auf Französisch zu, in einer schnellen, fast atemlosen Sprechweise.

„Was sagt er?", fragte Harrwitz.

„Bei der Untersuchung hier werde ein Hoheitsakt des französischen Staates vollzogen und er bestehe darauf, dass bei seinen Ermittlungen ausschließlich Französisch gesprochen werde."

„Können Sie ihm sagen, dass ich dazu nicht in der Lage bin?"

„Qu'est-ce qu'il dit?"

Walter übersetzte, wonach sich der Kommissar ärgerlich abwinkend abwandte. Er hatte weiß Gott Wichtigeres zu tun, als jetzt mit diesen Touristen Konversation zu machen!

Einige Zeit standen Harrwitz und Walter schweigend da. Senger kauerte zusammengesunken auf einem Felsblock.

„Walter, so geht das doch nicht ..."

„S'il vous plaît!" Kommissar de Vries warf ihnen einen strengen Blick zu.

„Monsieur le commissaire!" Walter versuchte ihm klarzumachen, dass doch wohl momentan seine Anwesenheit und die von Harrwitz nicht unbedingt nötig sei, dass sie aber später zu jeder Auskunft gerne bereit seien. De Vries winkte ärgerlich ab: Meinetwegen, schert euch halt zum Teufel!

„Gut, Harrwitz – gehen wir zum Taennchelhof. Die Polizisten kümmern sich um Herrn Senger."

Wenigstens musste ich mir die Leiche nicht ansehen, dachte Harrwitz, als sie losgingen. Er hatte jetzt schon zu tun, seine aufkommende Übelkeit niederzukämpfen.

# Kapitel 14

„So, Harrwitz, spielen wir mit offenen Karten. Den Historiker von der Universität Mannheim habe ich Ihnen nie abgenommen. Für mich war es klar, dass Senger senior irgendwann jemanden schicken werde, der, wie man so schön sagt, Licht ins Dunkel bringen sollte."

Was sollte Harrwitz darauf antworten? Er folgte Walter auf einem Zick-Zack-Weg über den waldigen Kamm. Nach wenigen Minuten zweigte Walter bei einigen riesigen Felstrümmern nach links ab. „Les trois grandes tables, die Drei Großen Tische", erklärte er. Erst beim zweiten Hinschauen erkannte Harrwitz, dass sie sich immer noch auf einem Weg befanden. Allerdings auf einem winzigen, von Gestrüpp fast überwucherten Trampelpfad, den man schon einmal übersehen konnte.

„Bestimmt schon acht oder zehn Mal haben sie unseren Holzwegweiser verschwinden lassen, dass nur ja kein Wanderer zu unserem Irrenhaus findet ..."

„Ich wäre in den nächsten Tagen schon noch zu Ihnen heraufgekommen. Dass es unter diesen Umständen sein würde ..."

Jetzt traten sie aus dem Wald und Harrwitz blieb stehen. Welch ein Paradies! Eine schwach geneigte Bergwiese im schönsten Frühlingsgrün und voller bunter Blumen, am Waldrand wieder gelb blühende Ginsterbüsche, darüber und dahinter der Wald in allen Grüntönen. Auf den Wiesen grasten schwarz-weiße Kühe, dazwischen spazierten Hühner herum und auch Gänse, die Harrwitz aus der Ferne misstrauisch zu beäugen schienen.

Weite Aussicht auf einen lang gezogenen Waldkamm, der in der Ferne immer höher wurde, auch er im schönsten Grün. Welch ein Balsam für die Nerven! Und mitten auf der Wiese duckte sich förmlich ein altes, steingraues Gebäude hin. Auf der Sonnenseite standen einige Tische und Bänke.

„Spannend, nicht? Wie so ein Landschaftsbild auf den Menschen wirkt!", sagte Walter und ließ Harrwitz nicht aus den Augen. „Zum Sitzen im Freien ist mir das Wetter nicht schön genug. Gehen wir in die Gaststube!"

Diese war einfach und recht gemütlich eingerichtet. Ein ziemlich junger, großer Mischlingshund mit verfilztem Fell begrüßte sie schwanzwedelnd und es sah aus, als lache er ständig.

„Das ist Ben, der dümmste Köter in Gottes weiter Welt. Einfach ignorieren, die Jungs verwöhnen ihn eh schon viel zu viel. Setzen wir uns – solange keine Gäste hier sind, können wir ja ungestört reden."

„Erzählen Sie mir doch erst mal ..." Harrwitz musste sich mit aller Energie überwinden, jetzt nicht einfach in sich zusammenzusinken, saft- und kraftlos wie ein Ballon, dem man gerade sämtliche Luft entzog. Mit der Erschöpfung kam fast so etwas wie Verzweiflung in ihm hoch. In was war er da nur hineingeraten? Musste ausgerechnet ihm so etwas passieren? Gleich in seinem allerersten Fall?

Es war Balsam für seine Nerven, dass sich Ben gleich zu ihm gesetzt hatte, sich gegen sein Bein lehnte und sich streicheln ließ.

„Jetzt werden Sie das Vieh nicht mehr los – na, gut, des Menschen Wille ist sein Himmelreich ... Ja, was gibt es zu erzählen? Kein sehr appetitlicher Anblick da oben. Die Leiche muss schon länger als ein halbes Jahr im Dickicht unterhalb der Felsplattform gelegen haben."

„Und keiner hat sie bis dahin gefunden??" Und eine verwesende Leiche musste doch auch entsetzlich stinken! Da stimmte schon wieder so vieles nicht! Aber nein.

„Wir hatten Winter, da kommen nicht viele Leute hier herauf ... Und dann gab es im November diesen starken Orkan ..."

Das stimmte. Harrwitz erinnerte sich bestens. Dieser Orkan war damals großes Thema in den Medien gewesen und hatte riesige Waldgebiete in den Vogesen und in Baden-Württemberg verwüstet.

„Hier hat er auch große Waldflächen platt gemacht. Gerade auf der Taennchel-Nordseite. Sie stellen sich nicht vor, wie es da den Winter über ausgesehen hat. Ein wildes Chaos von Bäumen, über- und aufeinanderliegend, da war schlicht kein Durchkommen, selbst wenn man versuchte, unter den Bäumen hindurch zu schlupfen, über sie hinweg zu klettern – keine Chance und zudem lebensgefährlich. Verstehen Sie? Seit zwei oder drei Wochen sind jetzt überall im Elsass Spezialarbeiter im Einsatz, aus Dänemark, keine Ahnung, warum gerade von dort, um die vielen entwurzelten Bäume zu bergen, die kann man doch nicht einfach liegen lassen – schöne Grüße vom Borkenkäfer!"

„Und dabei haben die ..."

„Genau. Ich kann ihnen sagen, das war kein erbaulicher Anblick. Diesem arroganten de Vries gönne ich es natürlich von ganzem Herzen, dass er um ein Haar, nun, gekotzt hätte, vor den Augen seines Fußvolks. Mann, hat ihn das geärgert! Sie haben ja mitbekommen, in was für einer Saulaune er vorhin war. Na, ja, ist eben ein Bulle ... Aber die Leiche, nach fast sieben Monaten – ich weiß nicht – wenn Sie sie gesehen hätten ... Stark verwest, teilweise schon skelettiert, von allen möglichen Tieren zerfressen, keine Ahnung, von was für Viechern – Raubtieren, Aasfressern, Insekten … Aber Reste der Radlerkleidung waren noch erkennbar und außerdem lag neben ihm das Mountainbike."

„Sie haben Recht, so etwas muss ich nicht sehen ..."

„Auf der Vorderseite des Schädels, im Bereich der Stirn, ist ein großes Loch. – Warten Sie, ich mache uns einen Tee."

Gute Idee, Harrwitz war wirklich fix und fertig. Erst recht bei dem Gedanken, dass ebenso gut er es hätte gewesen sein können, der dort oben verweste … Und die ganze Zeit über hatte ihn Walter so seltsam angeblickt! Machte er sich über ihn lustig? Unvermittelt wurde er zornig, zornig auf sich und noch mehr auf Walter. Und als dieser mit zwei dampfenden Teebechern zurückkam, ging Harrwitz kurz entschlossen aufs Ganze.

„Hören Sie, Walter, Sie haben mich durchschaut und vermutlich war das auch nicht besonders schwer. Sie haben bei unseren Unterhaltungen Ihre Spielchen mit mir getrieben, es sei Ihnen gegönnt. Aber – wozu das alles? Wozu, Walter?"

„Sie führen etwas im Schilde, liebster Herr Harrwitz. Das finde ich spannend"

„Ich finde *Sie* spannend – Sie betrachten alles wie ein Zuschauer im Theater. Oder wie ein Teenie beim Computerspiel."

„Finden Sie, diese übergeschnappte Welt, dieser beschränkte Mikrokosmos, der sich als reale Welt ansieht und dabei so jämmerlich künstlich, so unsagbar virtuell ist – finden Sie, diese Welt hat etwas anderes verdient?"

„Kurz und bündig, Walter: Haben *Sie* David Senger ermordet?"

Harrwitz hatte bei dieser Frage seinen ganzen Körper angespannt, auf ein Ausrasten Walters gefasst. Aber der saß nur eine Zeitlang schweigend da. War das Neugierde in seinem Blick?

„Nun?“

„Das ist doch jetzt nicht Ihr Ernst!“

„Doch, durchaus.“

Seltsam – sogar jetzt verriet sein Gesicht kaum eine innere Regung. Allenfalls die längeren Sprechpausen ließen erkennen, dass ihn das Gespräch mehr berührte als ein unverbindlicher Small Talk.

„Also das hätte ich jetzt nicht von Ihnen erwartet, Harrwitz. Da enttäuschen Sie mich intellektuell aber ganz gewaltig.“

Harrwitz schwieg und ließ Walter nicht aus den Augen. Diese Maske! Dieses Pokerface!

„Warum, Harrwitz? Wie kommen Sie auf diese idiotische Idee? Ja, sind Sie denn nicht besser als die ganzen Deppen und Suffköpfe da unten, die vom Irrenhaus faseln? Die unser so genanntes Irrenhaus auf dem Taennchel am liebsten auf den Mond schießen würden?“

„Na, immerhin haben Sie sofort ganz zielstrebig den Kontakt zu mir gesucht – führen Ihren Privatkrieg mit den Leuten in Ribeauvillé, jedenfalls klingt es so, wenn man Sie so reden hört ...“

„Und deshalb bringe ich einen völlig belanglosen Doktoranden um, der möglicherweise – wie gesagt, möglicherweise – dabei ist, eine angebliche mittelalterliche Chronik als Fälschung zu entlarven? Ich bitte Sie, darüber müsste ich mich doch diebisch freuen! Die da unten haben sich über den kleinen David grün und schwarz geärgert, kann ich Ihnen sagen, es war herrlich! Dabei, genau genommen ... Wissen Sie, die machen ihren Reibach, die nehmen die Touristen und die Pilger aus wie die Weihnachtsgänse, egal, ob Fälschung oder nicht Fälschung. Aber ich habe Sie gleich als jemanden eingeschätzt, der – sorry, nehmen Sie mir das nicht übel –

noch nicht so lange in diesem Beruf tätig ist, das war mir bei unserem ersten Zusammentreffen in der Wallfahrtskapelle klar. Ein abgebrühter Profi hätte nicht so die Contenance verloren, hätte sich nicht so ohne weiteres vom Erstbesten ausfragen lassen – es war schon interessant zu beobachten, wie leicht ich das hinbekommen habe. Andererseits habe ich Sie als hartnäckig eingeschätzt, mit einem gewissen Hang zum Trotz."

Spielt er schon wieder mit mir?, ging es Harrwitz durch den Kopf. Und worauf will er überhaupt hinaus? Ben hatte sich die ganze Zeit an ihn gekuschelt und versuchte jetzt klarzumachen, dass ihm der Sinn nach Spielen stand. Nichts da, was zu viel ist ...

„Ich habe ein bisschen versucht, Ihren Trotz, sagen wir, nicht zum Erliegen kommen zu lassen ... Sie erinnern sich: die Droh-Mail ..."

„Droh-Mail? Was? Droh-Mail? Singular? Sagten Sie Droh-Mail? Nur eine?"

„Wenn Sie noch mehr bekommen haben sollten ..."

„Drei insgesamt. Drei völlig verschiedene."

„***Drei***?? Bigotte Bande ... 'Geh nach Hause oder du wirst eine Menge Ärger bekommen ...' Die war von mir, die habe ich gleich in der Weinstube ins Handy getippt, als Sie so ungefähr die Treppe raufgingen."

„Genauso habe ich mir das auch gleich gedacht, als ich sie las."

„Sie haben Recht, das war kein Ruhmesblatt für mich. – Und dann kam als zusätzliche Motivation der gefakte Überfall – die Jungs haben Ihnen doch nicht weh getan?"

Harrwitz verschlug es beinahe die Sprache.

„Die sollten Sie nur ein bisschen rumschubsen. Und den gebremsten Schlag in den Magen haben die an mir geübt, wie in einer Theaterprobe ... Am schwersten war, die soweit zu bringen, dass sie während der Aktion den Mund hielten, bei den Proben haben die sich am laufenden Band halb tot gelacht ..."

„Soll ich Ihnen jetzt dafür dankbar sein?"

Aber es stimmt ja, dachte er. Da passt wieder nichts zusammen. Dieser Walter müsste ein extremer Psychopath sein, wenn er tatsächlich der Mörder wäre. Allerdings: Weiß man's? Also gut, Wechsel der Taktik!

„Was schlagen Sie vor, Walter?"

„Ich helfe Ihnen bei den Ermittlungen – ich spreche besser Französisch, kenne mich in der Gegend aus, bin, was in manchen Situationen vielleicht nützen könnte, vielleicht auch ein bisschen dreister als Sie und es soll mir ein Vergnügen sein, den Leutchen so richtig, richtig auf die Nerven zu gehen ..."

In diesem Augenblick ertappte sich Harrwitz bei dem Gedanken, dass er sich jetzt über das Auftauchen von de Vries freuen würde..

Was zu so einem Angebot sagen? Das von jemandem kam, den er bis dahin verdächtigt, als Gegenspieler angesehen hatte?

Andererseits: Wenn Walter der Mörder war, dann bestand vielleicht die Möglichkeit, ihn bei den weiteren Untersuchungen zu überführen. Aber auch wieder nur vielleicht. War Walter denn nicht viel zu gerissen für ihn?

Aufpassen, Harrwitz, aufpassen!

„Überlegen Sie es sich Harrwitz! Ich meine es ehrlich. Und wenn Sie unten in der Stadt nicht mehr wohnen können oder wollen –"

„Wieso sollte ich?"

„Weiß ich's? Ich weiß nicht genau, inwiefern und wie tief die Kempffs in dem Fall drinstecken, ich weiß nur, dass sie nicht offiziell vermieten. Die Seite des Tourismusbüros führt die 'Winstub Au Nid d'Aigle' nicht als Vermieter von Zimmern oder Appartements auf. Jedenfalls wollte ich Ihnen sagen: Wir haben hier auf dem Taennchel zwei Gästezimmer. Wir vermieten auch nicht offiziell, das haben uns die Behörden verboten. Weil die Zimmer nicht für Rollstuhlfahrer geeignet sind. Klar, es weiß ja jeder, dass die Rollstuhlfahrer auf dem Taennchel ständig Bergrallyes austragen. Aber wir könnten Sie unterbringen, Internet- und Handyempfang haben wir hier – nur müssen Sie zum Essen woanders hin, wenn Ihnen mal ein Speckomelette oder ein Stück Münsterkäse nicht reicht. Also – überlegen Sie sich's!"

Und mit derselben undurchdringlichen Miene, dem unruhigen Blick zwischen den Hamsterbacken:

„Nur, Harrwitz, wenn Sie was anderes als Hilfe bei Ihren Ermittlungen erwarten – also sexuell läuft nichts, das muss klar sein."

Einen Augenblick lang war Harrwitz völlig perplex. Dann musste er sich die allergrößte Mühe geben, um Walter nicht lauthals ins Gesicht zu lachen.

# Kapitel 15

Auf dem Rückweg zum Auto beschloss Harrwitz, dass er nach all den Turbulenzen eine kleine Auszeit verdient habe. Zudem brauchte er auch dringend etwas Abstand, um seine Gedanken wieder in Ordnung zu bringen.

So fuhr er kurz entschlossen nicht nach Ribeauvillé zurück, sondern kurvte erst einmal ganz geruhsam und ohne Ziel durch die Vogesen, die er bis dahin kaum kannte. Also vom Pass „Croix de Ribeauvillé" aus in die andere Richtung, hinab in ein Tal und dann immer weiter ins Gebirge hinein, weg von der Rheinebene, weg von der touristischen Weinstraße, die so prominent war, dass viele meinten, dahinter komme rein gar nichts mehr. Vor sich die Sonne – die hatte sich nach mehreren trüben Tagen endlich einmal wieder hervorgewagt.

Bald trugen die Orte ausschließlich französische Namen: Aubure, Hachimette, Lapoutroie, Le Bonhomme. Wieder eine andere Welt, keine Fachwerkidylle, sondern die meisten Häuser, jedenfalls die älteren, ärmlich-funktional. An der Straßenverzweigung in Le Bonhomme warf er einen kurzen Blick auf seine Straßenkarte, stellte fest, dass der Straßenpass „Col du Bonhomme" sehr touristisch, der andere Pass „Col des Bagenelles" ursprünglicher sein müsse; außerdem schätzte er die zweite Möglichkeit auch als landschaftlich schöner ein. Sollte er auch darüber seine Zettel anlegen wie über seine Verdächtigen im Mordfall David Senger, wie er diesen ja jetzt nennen musste?

Wozu denn! Er entdeckte eine dritte Möglichkeit, die ihn sofort reizte, ein kleines Sträßchen, das sich offenbar ziemlich weit bergauf wand, wohl zu einem Gasthof oder Hotel kurz vor einem verlandeten See namens Étang du Dévin, was dieser Name auch immer bedeuten mochte. Also noch etwas talaufwärts und dann den Hinweisschildern nach auf ein steil ansteigendes Sträßchen. Wenn da jetzt Gegenverkehr kommt, habe ich ein Problem, dachte er. Aber wer soll da heute schon rauffahren? Zumal die Wolken wieder zuzunehmen schienen.

Gleich nach den letzten Häusern führte das Sträßchen in den Wald. Er öffnete das Fenster und atmete tief durch, während er sich im Fahrradtempo weiter bergauf kämpfte. Wo der Wald nicht so dicht war, wurde der Weitblick immer umfassender. Harrwitz spürte, wie er mit jedem Augenblick mehr auflebte und sich erholte. Tief durchatmen! Immer wieder tief durchatmen! Dabei saß er noch im Auto. Allerdings hatte er sein Fenster heruntergekurbelt.

Das Sträßchen endete an einem Haus, das als Hotel bezeichnet war. Mehr Hotel oder mehr Berghütte? Wann war er zuletzt in einer richtigen Berghütte eingekehrt? Parkplatz war genug vorhanden, außer seinem Corsa war nur noch ein uralter Renault mit französischer Nummer abgestellt.

Sein Magen meldete sich, aber auch seine Unternehmungslust. Letztere erst recht, als er den weiten Ausblick vom Parkplatz aus registrierte. Wie Theaterkulissen leiteten im Mittelgrund zwei Vogesenkämme den Blick auf ein Stück der besonnten Rheinebene, hinter der sich der dahin geduckte Kaiserstuhl und der düster wirkende Schwarzwald erhoben.

Minutenlang ließ er dieses Bild auf sich wirken, dann schaute er auf die Uhr. Noch nicht einmal fünf, Zeit genug, sich ein wenig die Füße zu vertreten. Wohin gehen? Am besten den Wegweisern zum Étang du Dévin nach, der sich als eine Art Hochmoor in einem Waldkessel entpuppte. Dann auf einem Serpentinenpfad, der ihn einfach nur begeisterte, einen Waldhang hinauf. Langsam gehen, rhythmisch atmen, diesmal wartete oben ja keine Leiche auf ihn!

Nur schade, dass die Wolken immer dichter wurden und er bald darauf wieder einmal im Nebel steckte. Umkehren? Auf keinen Fall! Endlich wieder einmal die Möglichkeit, sich ein bisschen zu bewegen, Waldluft zu tanken, über die Berge zu wandern! Weiter durch den Wald!

Nein, eine Leiche wartete nicht auf ihn, aber an den Tod sollte er nur zu bald wieder erinnert werden – er traf auf Relikte aus dem Ersten Weltkrieg. Zuerst auf einen riesigen Eingang zu einem einstigen Stollen, den – wenn er die französische Informationstafel richtig verstand – im Jahr 1915 die Deutschen zur Versorgung ihrer Truppen auf dem Gipfel der Tête des Faux, damals Buchenkopf genannt, angelegt hatten.

Dann, beim letzten Steilstück zum Gipfel, ein naher Schützengraben mit gemauerten Stellungen. Auf dem Gipfel schließlich tauchte aus dem Nebel ein niedriges Ungetüm auf, es sah aus wie eine dahin gekauerte, lauernde Bestie, fast wie eine Echse. Eine Echse? Aber Unsinn, es war eine gewaltige gemauerte Befestigung, scheinbar für die Ewigkeit errichtet. Wie viele Soldaten hatten hier oben ihr Leben gelassen? Tausende? Zehntausend? Oder noch mehr? Beinahe wäre er in Gedanken in Stacheldraht getreten, der offenbar seit einem knappen Jahrhundert hier verrostete.

Keine Aussicht, nichts als das Nebelgrau. Keine Menschenseele außer ihm hier oben. Nicht einmal Vögel waren zu hören. Totenstille herrschte – aber nein, das stimmte nicht, Harrwitz vernahm unzählige leise Geräusche. Lag es daran, dass der Wind auffrischte? Oder war da doch noch jemand?

Von einem Moment zum anderen spürte er die Angst. Lähmende Angst, die ihm beinahe den Verstand nahm. Der alte Renault auf dem Parkplatz! Die Einsamkeit hier oben! Die Befestigung, die ein ideales Versteck bot. Und ihn an eine Echse erinnert hatte, eine Echse! Und Harrwitz selbst stand da wie eine lebende Zielscheibe! Nirgendwo in der Nähe auch nur die kleinste Möglichkeit, Deckung zu finden, der Wald hatte zehn oder zwanzig Meter unterhalb der Gipfelkuppe geendet.

In was, um alles in der Welt, war er da nur hineingeraten?

Verzweifelt zwang er sich, ruhig zu bleiben, und spitzte die Ohren. Nein, nichts zu hören, offenbar war niemand in seiner Nähe. Aber das müsste ein gewaltiger Dummkopf von Mörder sein, der sich jetzt durch ein Geräusch verriet! Was tun? Schleunigst das Gipfelplateau verlassen? Konnte er da nicht bequem von hinten abgeknallt werden? „Auf der Flucht erschossen", wie es bei den Nazis geheißen hätte?

Allerdings, zugegeben: Wenn ihn jemand hätte erschießen wollen, hätte er schon vorher ideale Möglichkeiten dafür gefunden. Zum Beispiel aus dem alten Kriegsstollen heraus! Natürlich, aus dem Stollen! Gott, war er leichtsinnig gewesen! Typisch Anfänger!

Andererseits – war es denn weniger anfängerhaft, an jeder Ecke jemanden zu vermuten, der ihn umbringen wollte? Blöde Gespensterseherei!

Ja, schon, nur – war das wirklich nur Gespensterseherei? Wenn nun wirklich jemand hinter der Befestigung steckte? Und war da eben nicht ein seltsames Geräusch gewesen? In höchster Anspannung horchte er. Nein, jetzt war nichts mehr zu hören.

Welcher Teufel ritt ihn, die Kriegsbefestigung zu erkunden, noch dazu völlig unbewaffnet, statt einfach bergab zu rennen, den Wald zu erreichen? Ihm war nur klar, dass er nicht ruhig stehen bleiben durfte. Damit würde er es einem Mörder gar zu einfach machen. Aber machte er es dem Mörder jetzt denn nicht noch einfacher? Es war ihm egal. Mit drei, vier schnellen Schritten hatte er den Anfang der Befestigung erreicht und lugte vorsichtig um eine Ecke.

Niemand da.

Kein Grund zur Beruhigung. Denn der Trampelpfad durch die Anlagen wand sich; was von vorne wie eine Mauer mit Schießscharten ausgesehen hatte, entpuppte sich als verwinkeltes, unübersichtliches Fort. Also weiter, die Ohren spitzen – nichts war zu hören. So wagte er sich um eine Ecke, dann um noch eine. Jederzeit konnte …

Es blieb still. Nur leise, undefinierbare Geräusche, die wohl vom Wind stammten.

An Weglaufen dachte er nach wie vor nicht. Da hinten, der Beton-Unterstand! Hatte sich da nicht etwas hinter der winzigen Fensteröffnung bewegt? Harrwitz fixierte sie, bis ihm die Augen schmerzten. Nein, da war nichts. Oder vielmehr: Da schien nichts zu sein. Also nahm er seinen ganzen Mut zusammen und pirschte sich so leise wie irgendwie möglich gebückt an die Mauer des Unterstands.

Kein Laut war drinnen zu hören.

Und jetzt? Harrwitz nahm alle Willenskraft zusammen, um sich zu systematischem Denken zu zwingen. Entweder in diesem Unterstand war niemand – oder drinnen steckte jemand und hatte alle Zeit der Welt zu warten, bis er ihn vor den Pistolen- oder Revolverlauf bekam. Dann konnte Harrwitz hier herumstehen bis in alle Ewigkeit. Wieder und wieder verfluchte er sich. Dass er unter großem Druck einfach nicht rational denken konnte! Dass er nicht einfach weggelaufen war, sondern in diesem Labyrinth unbedingt Indianer spielen musste! Und nun? Nun steckte er in diesem Weltkriegs-Bollwerk – und wie weiter? Nein, es half alles nichts, jetzt hatte er sich selbst in diese Lage gebracht – er musste seinen ganzen Mut zusammennehmen und sich Sicherheit verschaffen.

So schlich er bis unmittelbar neben den Eingang, horchte noch einmal angestrengt – drinnen war nichts zu hören. Also hinein! Er zögerte, entschloss sich, bis zehn zu zählen, dann bis zwanzig, danach zwang er sich, den letzten Schritt vor den Eingang zu machen und ganz schnell noch einen in den Unterstand hinein.

Gleich stolperte er über irgendetwas und fiel auf das rechte Knie. Es tat erst nach einigen Sekunden weh, als er sich schon vergewissert hatte, dass hier niemand außer ihm war, auch nicht sein konnte. Was von seiner Seite wie eine Art Bunker ausgesehen hatte, war eine Ruine, die offenbar eine Granate abbekommen hatte. Die Erde war über und über mit Trümmern bedeckt, zwischen denen Brennnesseln wucherten.

Sein Knie schien unverletzt zu sein. Er rappelte sich auf, ungemein erleichtert, aber einen Augenblick auch wütend auf sich selbst.

Na, Harrwitz, dachte er, das war ja wieder mal eine Glanzleistung! Du hast wirklich Verfolgungswahn, du Idiot! Jetzt komm mal wieder runter! Heute wird dir nichts mehr passieren. Nicht hier oben. Wenn nur dieser blöde Nebel nicht wäre ...

Und jetzt? Abendessen? Ja, warum nicht? Am liebsten etwas Einfaches, Magenfüllendes, etwas, das auf die Berge passte und nicht in eines der Weinstraßenstädtchen, die sonntags eher ein Mittelding zwischen Freizeitpark und Freilichtmuseum waren! Ob es unten im Gasthof jetzt etwas gab? Vielleicht sogar eine Zwiebelsuppe?

Gut, zurück! Und zwar zügig, um möglichst nicht in den Regen zu kommen.

# Kapitel 16

Eine Stunde später saß er in der Gaststube und war hellauf begeistert. Auch wenn es von außen nicht so ausgesehen hatte – das war ja doch eine richtige Berghütte mit viel Holz und auch sonst allem, was dazu gehörte! So richtig zum Wohlfühlen, Harrwitz hätte spontan schnurren können wie eine Katze.

Nachdem er wenige Worte auf Französisch an den Wirt gerichtet hatte, antwortete dieser auf Deutsch. Nein, Zwiebelsuppe habe er leider nicht, aber ein sehr empfehlenswertes Menü. Wirklich sehr empfehlenswert.

Ein ganzes Menü? War Harrwitz das nicht zu viel? Aber im nächsten Augenblick hatte er zugestimmt.

„Möchten Sie einen Aperitif?"

„Lieber ein Viertel Riesling ..."

Der Wirt brachte ihm den Wein und verschwand dann in seiner Küche. Harrwitz hatte die schöne Gaststube für sich.

Trotz allem, trotz der vielen Kriegsspuren: Die Gegend hier oben schien traumhaft zu sein. Schade, dass er am Gipfel keine Aussicht gehabt hatte! Hier war er nicht das letzte Mal, das nahm er sich vor.

„Achtung, Monsieur, aufgepasst – die Suppe! Hausgemachte Karottensuppe ..."

Der Wirt brachte gleich eine Schüssel. Wer sollte das alles essen?

„Sagen Sie, kann man bei Ihnen auch übernachten? Nicht heute, aber ..."

„Kein Problem, Monsieur, wir haben Zimmer und einen Schlafsaal, es kommen viele Wanderer, auch Ferienwohnungen ...“

„Noch eine Frage, Pardon: Was bedeutet eigentlich Étang du Dévin auf Deutsch?“

„Der deutsche Name war Hexenweiher. Aber hier im Kaysersberger Tal ist nie Deutsch gesprochen worden. Das war früher ein Bergsee, aber er ist verlandet.“

Und gerade hier, in dieser wunderbaren Gegend, musste gemordet werden! Na, Harrwitz, dachte er, jetzt lass es gut sein. Gerade werden deine Gedanken fürchterlich banal: die schöne Welt, die so böse ist, weil die bösen Menschen ... Trink einen Schluck Riesling und überlege lieber, wie es jetzt eigentlich weitergehen soll!

Ja – wie?

David Senger war ermordet worden. Das stand seit heute fest. Und das sagte sich so leicht auf diese sachliche Weise. So sachlich, wie wenn jemand sagen würde: Heute gibt es im Supermarkt Linsensuppe im Sonderangebot! Zum Aktionspreis! Harrwitz hatte noch nie eine Leiche gesehen; er hatte sich vor diesem Anblick immer erfolgreich gedrückt, weil er große Emotionen jeglicher Art hasste und ihnen grundsätzlich aus dem Weg ging, wo immer es möglich war.

So war es ihm recht, dass ihm der Anblick des toten David Senger erspart geblieben war. Trotzdem fühlte er sich jetzt plötzlich schwach und innerlich irgendwie traurig, verzagt. Was hatte der arme David Senger bloß getan, dass man ihn einfach totgeschlagen hatte? Und war er, Harrwitz, nicht auch selber in Gefahr? In Gefahr, von einem völlig anonymen Gegner, dessen Motive für ihn nicht einmal im Ansatz erkennbar waren, jederzeit meuchlings umgebracht zu werden? Vielleicht schon im nächsten Augenblick, sogar hier oben, vielleicht nachher auf dem Parkplatz mit dem Traumblick Richtung Schwarzwald! David Senger war am Echsenfelsen umgebracht worden. An einem der landschaftlich schönsten Punkte weit und breit ...

Wie um alles in der Welt hatte er in den ganzen Schlamassel hineingeraten können – und jetzt ... Aber er zwang sich, wieder sachlich zu werden. Weg mit den Emotionen, die brachten doch immer nur Unannehmlichkeiten! Jedenfalls war es gut, dass er sich eine kleine Auszeit genehmigt hatte und hier herauf gefahren war – keine Frage! Noch ein Schluck Riesling – und jetzt dürfte auch sein Hauptgericht kommen ... Seit dem Frühstück hatte er nichts zu sich genommen bis auf zwei Teller Karottensuppe und ein paar Stücke Baguette. Daher wohl seine Erschöpfung und innere Traurigkeit. Wovon denn sonst? Blödsinn! Nun, gut ...

Also zurück zur Sache, verdammt nochmal!

David Senger war ermordet worden. Von wem? Wer kam dafür in Frage? Irgendwelche obskuren Fanatiker, die ihren Geheimbund zur Durchsetzung mafiöser Ziele nutzen wollten? Verschwörungstheorien waren ihm eigentlich schon immer unsympathisch gewesen. Vielleicht wollte einfach nur jemand, dass er an solche obskuren Dinge glaubte? Aber wer könnte daran interessiert sein, ihn so in die Irre zu führen? Walter? Dieser undurchschaubare Mensch?

Immer wieder Walter. Seit Harrwitz hier war – Walter ließ ihn einfach nicht los. An jeder Ecke Walter. Am Ende eines jeden Gedankengangs Walter.

Und was hatte er heute alles über den erfahren! Das war ja ein noch viel schrägerer Vogel, als Harrwitz bisher gedacht hatte! Hatte ihm eine Droh-Mail geschrieben! Nur eine? Das war noch die Frage! Fest stand nur, dass er eine zugegeben hatte. Aber er rückte doch immer nur scheibchenweise mit seinen Informationen heraus, wenn es ihm gerade passte!

Und dann hatte er mit einigen seiner Zöglinge zu deren grenzenlosen Gaudi einen vorgetäuschten Überfall einstudiert! Eine Art Vogesen-Theater-Workshop! Und auf all das war er auch noch stolz! Jetzt hatte er Harrwitz angeboten, oben am Taennchel in seinem Berggasthof zu wohnen, den die Einheimischen als Irrenhaus bezeichneten.

Ja, da brauchte Walter sich nur in schnelleren Französisch mit seinen „Jungs", wie er sie nannte, zu unterhalten und Harrwitz stand daneben wie ein Idiot, über den man sich kaputt lachen konnte, erst recht, wenn man an den vorgetäuschten Überfall dachte: Wenn der alte Narr wüsste, dass gerade wir …

Er wurde zornig, zwang sich aber gleich wieder dazu, nüchtern weiter zu überlegen. Wenn das eine Falle war, dann eine extrem plumpe und das sprach nun wieder dafür, dass es eben ***keine*** Falle war. Oder dass Harrwitz das aus eben diesem Grund ***nicht*** für eine Falle halten sollte, dass sein Grundfehler darin bestand, auf der Suche nach Erklärungen immer zu kompliziert zu denken. Vielleicht war ja alles ganz einfach! Aber inwiefern einfach?

Zu allem dieses Pokerface mit den unruhigen Augen, so dass man nie wusste, woran man war, sich selbst aber beobachtet fühlte wie – wie – Harrwitz fand keinen passenden Vergleich. Endlich: Wie ein alter Affe im Zoo! Wie ein Versuchskaninchen! Schließlich die vollkommen ernst gemeinte Aufforderung, Harrwitz solle sich keine Hoffnungen auf eine sexuelle Affäre machen – ja, Walter ließ ihn keine Sekunde aus den Augen und war dann wieder so ein hundsmiserabler Beobachter, dass er einen solchen Blödsinn von sich gab, daraus sollte einer schlau werden!

Kurz, dieser Carsten Walter war wirklich extrem auffällig, ein Psychologe würde sicher eine Menge finden (oder würde von Walter an der Nase herumgeführt), und wer konnte wissen, was als nächstes über ihn herauskam. Aber ein Mörder? Wo war der Sinn?

„Achtung, aufgepasst, Monsieur – geräucherte Schweineschulter mit Roigabrageldi, ich bringe gleich noch Salat."

„Mit was? Roiga – ?"

„Roigabrageldi. Das sind Kartoffelstücke, Zwiebeln und Speck, in Riesling eingelegt. Eine Elsässer Spezialität."

Harrwitz bekam beim Anblick dieses Essens noch mehr Hunger, als er ohnehin schon hatte. Wenn er sich nur noch …

Der Wirt schien Gedanken lesen zu können. „Noch ein Viertel Riesling?"

„Ich muss doch noch fahren ..."

„Ein Glas? Das geht noch, wenn Sie danach nicht gleich losfahren."

Harrwitz kapitulierte. Gut, also noch ein Glas Riesling!

Weiter! Wo gab es noch Hinweise?

Diese Conny, vorausgesetzt, es war überhaupt eine Frau? Ja, die erst einmal finden! War es die Kempff-Tochter? Einiges sprach dafür. Fakt war: Conny Kempff wohnte seit kurzem nicht mehr bei ihren Eltern, sie war angeblich attraktiv und die Kempffs hatten sie ihm gegenüber verleugnet. Wer machte denn so etwas? Wer kam denn auf die Idee, sein eigenes Kind zu verleugnen? Genauer: Monsieur Kempff war es, der sie verleugnet hatte. Madame Kempff war kurz davor gewesen, über sie zu sprechen, und ihr Mann hatte das im letzten Augenblick abgewürgt. Oder täuschte er sich da? Sah er wieder Gespenster wie so oft? Jetzt über mehr Erfahrung verfügen …

Also – wie erst einmal diese Conny Kempff finden? Per Zeitungs- und Internetanzeige? „Gesucht: eine junge Frau, kleinwüchsig, mit Mausgesicht, verführerischen Zügen und Haaren auf den Zähnen, Aufenthaltsort unbekannt, vermutlich Elsass“ – so etwa? Ja, ja, schon gut, Harrwitz wusste ja, dass er zuweilen zur Albernheit neigte, das war ihm schon in seiner Jugend oft genug vorgehalten worden, von seiner Mutter, von einigen seiner Lehrern, die selber zum Lachen in den Keller gingen, später noch von einigen anderen, von denen natürlich eher hinter vorgehaltener Hand.

Aber, dachte er trotzig, ich klaue keine Metallbeschläge und Namensschilder von den Türen! Ich laufe nicht mit knallroter Birne rum, weil ich mich gerade über mich selbst geärgert habe! Und ich habe hier als Anfänger immerhin keinen ganz schlechten Job gemacht, obwohl ... Aber weiter!

Gut – bezüglich Conny Kempff bestand Klärungsbedarf. Und sonst? Was konnte man sonst noch tun? Die Polizei mit diesem ausgestopften Louis de Funès, diesem Kommissar de Vries, ermitteln lassen, ein paar Tage Urlaub in den Vogesen machen, die Berge erkunden und dann wieder nach Hause fahren? Nicht die schlechteste Möglichkeit, zumal wenn Harrwitz sich überlegte, wie wohl er sich hier oben gerade fühlte. Das Essen war sicher nicht die ganz große Delikatesse, aber unsagbar würzig und sättigend, genau das, was er jetzt brauchte, es schmeckte ihm besser als alles, was er an den Tagen davor verspeist hatte. Bis auf Madame Kempffs Zwiebelsuppe natürlich. Sollte er vielleicht doch diese Nacht hier oben bleiben? Noch ein Viertel Riesling trinken, den Lieben Gott einen guten Mann sein lassen und dann ins Bett fallen, am Geld sollte das momentan nun wirklich nicht scheitern! Ach, nein, das ging ihm jetzt zu weit.

Lieber doch noch versuchen, mehr herauszufinden, nachdem er nun einmal in diese Sache hineingeraten war? Aber wie? Doch wohl zusammen mit Walter?

Immer wieder Walter ...

Na, ja, der hatte nicht einmal Unrecht, er war als Helfer vielleicht gar nicht so übel. Sicher fielen dem noch ein paar

Dinge ein. Zudem besaß er eine Dreistigkeit, aber auch Verrücktheit, die Harrwitz selbst fremd war. Warum also nicht? Zu verlieren hatte Harrwitz nichts. Zu gewinnen?

Und wenn Walter doch der Mörder war? Der Bösewicht, der die Welt für ein Marionettentheater hielt, die Puppen tanzen lassen und sie mit seinem Hamstergesicht unablässig beobachten wollte?

Aber morgen. Heute nicht mehr. Heute den Abend ausklingen lassen, in Ribeauvillé noch einen Schluck trinken und dann schlafen gehen. Und träumen. Nicht von Walter! Morgen war auch noch ein Tag.

## 17

Während der Rückfahrt ertönte der schreckliche Signalton des Handys, Bachs C-Dur-Präludium, elektronisch entstellt. Zum wiederholten Mal ärgerte er sich über seine Bequemlichkeit, nicht endlich einmal einen anderen Signalton gewählt zu haben. Was mochte dieser Anruf jetzt bedeuten? Etwas Gutes ganz sicher nicht.

„Harrwitz."

„Senger hier, Herr Harrwitz ..." Ausgerechnet jetzt. Und zu allem Überfluss war die Verbindung hundsmiserabel.

„Um Gottes Willen, Herr Senger, ich – warten Sie einen Moment, ich fahre rechts ran, dann geht's besser!"

Er stoppte vor der nächstbesten Einfahrt, die zu einem Einfamilienhaus wie aus den Dreißigern führte. Voller innerer Abneigung gegen das kommende Gespräch und zugleich wütend auf sich selber. Draußen fing es an zu tröpfeln.

„Herr Senger, ich – ich weiß wirklich nicht … Das ist ja furchtbar ..."

Wenn Senger nur nicht weinte! Alles, nur das nicht!

„Herr Harrwitz, Sie haben von Anfang an etwas geahnt, stimmt's?"

„Ich – na, ja … Man musste natürlich ..."

Wenn er das Gespräch doch nur schon hinter sich gehabt hätte!

„Herr Harrwitz, Sie stellen sich nicht vor ..." Senger stockte, aber Harrwitz glaubte zu verstehen. Wenn nur die Verbindung nicht völlig zusammenbrach!

„Doch, ich kann es mir gut vorstellen, nur zu gut ..." Konnte er das wirklich? Egal jetzt. Blöde Situation!

Ein kleiner Mischlingshund auf dem Grundstück, dessen Ausfahrt er versperrte, kläffte ihn wütend an. Er musste das Fenster schließen, um Senger zu verstehen, der immer leiser wurde.

„Zumal in meiner familiären Situation ..." Harrwitz erfasste nur Bruchstücke, der Rest ging in Gekrächze unter. Trotzdem verstand er oder glaubte es zumindest und das machte ihn für einen Augenblick ungehalten. Wollte Senger jetzt für seinen Seitensprung und dessen Folgen bemitleidet werden? Aber dieser Gedanke war jetzt ungerecht, das war ihm sofort klar.

„Herr Harrwitz, ich wollte mich noch für Ihre Arbeit … " Der Rest kam wieder nur als Gekrächze rüber. Bedanken wollte sich Senger? Was denn sonst!

„Aber ich bitte Sie, was habe ich denn ..."

„Doch, doch, Sie haben das Menschenmögliche getan. Fast schon mehr als das. Dass es so gekommen ist ..."

Schweigen. Was sollte Harrwitz noch antworten? Der Giftzwerg draußen kläffte unablässig weiter.

„Ich habe Sie da in eine ganz üble Geschichte ..." Einfach nur grässlich, dieser Empfang. Was hatte Senger da? Wollte er sich entschuldigen? Vorsichtshalber antwortete Harrwitz: „Herr Senger, das konnte doch niemand wissen ..." So ein Satz war immer gut.

Hilfloses Schweigen.

„Herr Harrwitz, ich kann mich auf Ihre unbedingte Diskretion verlassen? Sie können sich ja vorstellen, das ist für mich von größter Wichtigkeit ..." Diese Worte kamen jetzt wieder ganz klar.

„Aber klar, keine Frage! Das ist doch selbstverständlich!"

„Wie, bitte? Ich habe Sie ..."

„Entschuldigung, was sagten Sie gerade? Die Verbindung ist schon wieder so schlecht ...“

„Ich habe Sie gerade nicht verstanden ...“

„Ich sagte, dass Sie sich auf meine Diskretion voll und ganz verlassen können“, rief Harrwitz mit erhobener Stimme. „Ehrensache, Herr Senger!“

Das war absolut ehrlich, Harrwitz hatte weiß Gott kein Interesse, in den Sengerschen Familiengeschichten herumzurühren.

„Sie verstehen doch, dass Sie Ihre Arbeit jetzt ruhig beenden können? Was liegt mir daran zu wissen, wer meinen David auf dem Gewissen hat ... Das macht ihn auch nicht mehr lebendig.“

Verzweifelt bemühte sich Harrwitz, so viel von dem verschwimmenden Gekrächze wie möglich zu verstehen. Zugleich dachte er: Gleich wird Senger doch noch weinen ...

„Reden wir noch ...

„Wie, bitte?“ Gottverfluchtes Funkloch!

„ ... Honorar, Herr Harr – “

„Aber Sie haben mir doch schon ...“

Jetzt kam der Grundstückseigentümer herbei und bedeutete Harrwitz wort- und gestenreich, dieser möge sich doch bitte von der Einfahrt scheren. Frechheit, so etwas, Unverschämtheit, ganz und gar indiskutabel! Ja, ja, schon gut, Opa! Gleich, gleich ...

„Wären Sie mit einer Abschlusszahlung von 2000 Euro einverstanden?“

Ganz klar war Sengers Stimme auf einmal wieder. Trotzdem glaubte Harrwitz nicht recht zu hören. Was sollte er jetzt darauf erwidern? Wenn jetzt nur der Choleriker an seiner Einfahrt nicht vollständig ausrastete! Aber der schien gerade damit beschäftigt zu sein, in Richtung Haustür zu schimpfen.

„Herr Harrwitz, sehen Sie, mein David war so ein toller Sohn – es tut mir jetzt Leid … Ich hätte so gerne mehr Zeit mit ihm verbracht ... Er war nicht einfach, müssen Sie wissen, er hatte seinen eigenen Kopf, aber vielleicht war ich …"

Noch ein bisschen Gekrächze, dann versagte Senger die Stimme. Harrwitz wurde immer unwohler. Unterstehe dich ja, jetzt zu heulen!, schnauzte er in Gedanken Senger an. Bloß nicht heulen! Unterstehe dich! Eine andere innere Stimme schrie dagegen an: Jetzt reiß dich zusammen, der Mann hat gerade seinen Sohn verloren, da ist es doch klar … Und die lauteste, böseste in diesem Chaos in seinem Inneren: Verdammt und zugenäht, konzentriere dich, du Versager auf der ganzen Linie! Pseudoschnüffler! Endstation Hartz IV!

Vielleicht eine halbe Minute Schweigen. Das Chaos in Harrwitz ebbte ab.

„Ich habe Ihr Quartier und Ihre Mahlzeiten im 'Nid d'Aigle' bezahlt und Ihnen einen braunen DinA4-Umschlag mit 2000 Euro auf Ihren Schreibtisch gelegt ..."

„Herr Senger, ich ..."

„Schon gut, Herr Harrwitz. Sind Sie mir böse, wenn ich jetzt das Telefonat beende? Ich ..."

„Aber auf keinen Fall, Herr Senger! Ich weiß nur nicht, wie ..."

„Herr Harrwitz, nochmals danke! Ich wünsche Ihnen alles Gute ..."

Noch einige Worte, die wieder in Gekrächze untergingen, ein paar quälende Sekunden Schweigen, dann legte Senger auf. Harrwitz atmete einige Male ganz tief durch.

# Kapitel 18

„Wegen Krankheit vorübergehend geschlossen. Danke für Ihr Verständnis."

Schlagartig wurde Harrwitz in die Realität zurückgeholt.

Er hatte sich schon gewundert, dass die Weinstube unbeleuchtet war, obwohl es schon fast dunkel war. Die gesamte Rue du Maire Dr. Ley war dunkel, beide Straßenlaternen funktionierten nicht. Und nun das Schild!

Was das für ihn bedeutete, wurde ihm gleich klar. Monsieur Kempff schien auf ihn gewartet zu haben.

„Guten Abend, Monsieur ..."

„Krankheit? Ihre Frau – was ist mit ihr? Doch hoffentlich nichts Schlimmes?"

„Nein, Monsieur." Kempff vermied jeden Blickkontakt. „Eine kleine Schwäche, der Kreislauf, sie muss mal gründlich untersucht werden, nichts Schlimmes, Frauen eben ... Und ich alleine schaffe es nicht. Und leider, Monsieur ..."

Mit einigem Drumherumreden machte er Harrwitz klar, dass dieser gleich ausziehen müsse. Wobei seine Haltung etwas ganz anderes ausdrückte: höchste Anspannung. Angriffsbereitschaft. Oder Abwehrbereitschaft? Wenn man das so ganz genau auseinanderhalten könnte!

„Wo soll ich denn jetzt hin, Monsieur Kempff?" Etwa doch hinauf zu Walter? Jetzt, in der Dunkelheit?

„Ich habe im Hotel 'Aux Chevaliers de Malte' angerufen, Monsieur, die hätten ein Zimmer frei, jedenfalls für die nächsten Tage, nicht zu teuer – wenn Ihnen das Recht ist ..."

Sein Ton klang fast schon demütig. Aber die Körperhaltung passte einfach nicht.

„Das kenne ich, dort war ich an Ihrem Ruhetag essen. Macht einen guten Eindruck."

„Das ist auch sehr gut, Monsieur. Sehr freundliche Leute, man isst gut, Sie werden zufrieden sein ..."

„Dann will ich Ihnen gar nicht lange zur Last fallen und packe nur mein Gepäck zusammen."

„Monsieur Senger war noch hier, alles ist bezahlt, Sie brauchen sich um nichts mehr zu kümmern. Legen Sie einfach den Schlüssel hier auf den kleinen Tisch."

„Kein Problem. Grüßen Sie Ihre Frau, ich wünsche ihr gute Besserung."

„Merci, Monsieur Harrwitz. Und danke noch einmal für alles, wir haben Sie sehr gerne als Gast hier gehabt." Harrwitz empfand Kempffs Selbstbeherrschung schon als fast übermenschlichen Kraftakt.

Er wandte sich zur Treppe.

„Wo ist denn der Teppich, der auf den Stufen lag?"

Aber Monsieur Kempff war schon weg.

In seinem so genannten Appartement entdeckte Harrwitz gleich den von Senger erwähnten offenen braunen Umschlag auf den Tisch. Inhalt: 1000 Euro in Fünfzig-Euro-Scheinen.

***1000*** Euro?

Aber Senger hatte doch von 2000 gesprochen? Harrwitz zählte ein zweites und drittes Mal. Nein, ein Irrtum war ausgeschlossen. Es waren und blieben 1000 Euro. Immer noch viel Geld für ihn, aber ...

Dann lag noch ein zweiter Umschlag auf dem Tisch. Von der Polizei. Eine Vorladung für morgen, 10 Uhr, zu einer Vernehmung, hier in Ribeauvillé auf der Polizeiwache.

Kommissar de Vries werde von einem Dolmetscher begleitet werden.

Gut, damit hatte er rechnen müssen. Also morgen früh um zehn. Aber die 1000 Euro! Hatte Harrwitz etwas übersehen? Lag irgendwo ein zweiter Umschlag? Nein, da lag nichts mehr. Also die Kempffs – ? Seltsame Geschichte, was sollte denn nun das schon wieder? Oder war das einfach nur miese, dumpfe, muffige Kleinkriminalität? Klar, Kempff konnte nichts von Sengers Anruf wissen. Wenn der am Telefon nicht die Zahl 2000 genannt hätte, wäre Harrwitz doch gar nichts aufgefallen. Andererseits: War Kempff so dumm zu denken, dass Senger Harrwitz einfach kommentarlos einen Umschlag mit 1000 oder 2000 Euro auf den Tisch legte? Es sah ganz danach aus.

Er packte seine Sachen und verließ keine Viertelstunde später sein Zimmer.

„Monsieur Kempff!"

Keine Antwort. Nur undefinierbare Geräusche.

„Monsieur Kempff! Hallo!"

Stille.

Mit dir bin ich noch nicht fertig, dachte Harrwitz, legte den Schlüssel auf den kleinen Tisch und ging aus dem Haus. Draußen atmete er erst einmal tief durch.

# Kapitel 19

Das Polizeirevier von Ribeauvillé war in einem Zweifamilienhaus an der Peripherie der Stadt untergebracht. Harrwitz hatte besser hingefunden, als er befürchtet hatte, und war schon eine gute Viertelstunde vor der vereinbarten Zeit dort. De Vries und der Dolmetscher waren noch nicht da.

Das erste, das Harrwitz an diesem Haus aufgefallen war, war das Schild „À vendre".

„Wieso denn das?", fragte er den Polizisten, bei dem er sich gemeldet hatte.

„Wissen Sie, Monsieur, bei uns werden viele Polizeistationen auf dem Land und in Kleinstädten geschlossen. Der französische Staat muss sparen – dabei lässt er die Bevölkerung hier alleine mit der Kriminalität in manchen Großstadtteilen, die immer mehr aufs Land heraus schwappt, mit den Nordafrikanern ..."

Harrwitz nahm auf einem Stuhl Platz.

Er brauchte nur ungefähr fünf Minuten zu warten, dann erschien schon de Vries, gefolgt von einer vielleicht 65-jährigen, grauhaarigen Dame, der man auf den ersten Blick ansah, dass sie aus der Stadt kam.

Harrwitz hatte sich auf einen ausgesprochen knurrigen, ungnädigen de Vries eingestellt, und so war er überrascht, dass dieser ihm wesentlich freundlicher als am Vortag begegnete. Er gab ihm die Hand, stellte ihm die Dame als Madame Évélyne Kurtz, die Dolmetscherin, vor und dankte ihm für sein Erscheinen.

Die Vernehmung in einem recht chaotischen Büro, auf und um dessen Schreibtisch kaum Platz war, begann schwerfällig. Umständlich und pedantisch formulierte de Vries seine Fragen, umständlich und pedantisch übersetzte Madame Kurtz und jeden Satz, den Harrwitz sagte, sprach sie gleich auf Französisch in ein Diktiergerät.

„Sie sind Privatdetektiv, Monsieur Harrwitz?“

„Ja, das ist richtig.“ Vermutlich, dachte Harrwitz, fragt er jetzt gleich, wie lange ich den Job schon mache.

„Seit wann betreiben Sie diesen Beruf?“ Na, bitte.

Harrwitz sah keinen Sinn darin, de Vries etwas vormachen zu wollen. „Offen gestanden noch nicht lange. Sie werden es vielleicht etwas seltsam finden ...“

„Sprechen Sie ruhig weiter!“

Harrwitz erzählte, so kurz es möglich war, von seinen beruflichen und finanziellen Schwierigkeiten, stets darauf gefasst, von einem ungeduldigen Kommissar unterbrochen zu werden: Zur Sache, wenn's beliebt! Aber de Vries hörte ruhig zu.

„Und wie kamen Sie dazu, hier zu ermitteln?“

„Habe ich etwas falsch gemacht? Gegen ein Gesetz verstoßen?“

„Im Augenblick gehe ich nicht davon aus, Monsieur Harrwitz. Bitte erzählen Sie einfach. Sobald Sie sich natürlich belasten würden ...“

Aber wieso sollte ich mich belasten?, dachte Harrwitz. Wieder erzählte er offen und ehrlich, nach jedem Satz von der Dolmetscherin unterbrochen. Wie sich das hinzog! Aber auch jetzt schien de Vries interessiert zuzuhören. Von Fernsehkrimis her kannte es Harrwitz nicht anders, als dass zwischen Detektiven und Polizisten eine Art Erbfeindschaft bestand. Dass sie sich kaum anhörten, kaum aufeinander eingingen, dass sich jeder auf Kosten des anderen profilieren wollte, kurz, dass es zu allerletzt um die eigentliche Sache ging. Den Eindruck konnte er hier nicht gewinnen. Bisher jedenfalls.

„Sie kamen also im Auftrag von Monsieur Manfred Senger hierher, um dessen verschwundenen Sohn zu suchen?“, fragte de Vries ruhig und sachlich.

„Ja, Monsieur le commissaire. Wie ausführlich soll ich das jetzt erzählen?“

„Ruhig ausführlich. Erwähnen Sie alles, was Ihnen wichtig erscheint oder vielleicht für uns wichtig sein könnte!“ Was Harrwitz dann auch tat. Dadurch zog sich die Vernehmung natürlich weiter in die Länge.

„Und was haben Sie bisher unternommen, Monsieur Harrwitz?“

Harrwitz erzählte, machte auch kein Hehl daraus, dass er bisher überhaupt keine konkrete Spur habe. Ein falsches Detail, über das er mittlerweile im Internet recherchiert habe, deute darauf hin, dass die Chronik möglicherweise eine Fälschung sei oder jedenfalls mindestens einen Zusatz aus späteren Zeiten enthalte (das schien de Vries neu zu sein) – aber wenn etwa der Präsident des Tourismusbüros gesagt habe, jemand, der die Chronik hinterfrage, mache sich in Ribeauvillé nicht gerade beliebt, dann sei das doch keine Morddrohung! Man sei doch hier nicht im Wilden Westen oder bei Agatha Christie!

Interessant scheine ihm allerdings die Seite www.erloeserkreuz.net vorgekommen, auf der schon extrem fundamentalistische und auch neonazistische Inhalte zu finden seien. Dort sei auch gegen David gehetzt worden, kaum dass der in Ribeauvillé eingetroffen gewesen sei. Dann fiel ihm ein, dass er de Vries vielleicht sprachlich helfen könne. „Haben Sie die Adresse der Seite korrekt? Möchten Sie, dass ich Sie ihnen gleich einmal öffne?

De Vries winkte kühl ab: Nein, die Adresse sei protokolliert und er werde sie sich anschauen, wenn er den Bedarf dafür sehe.

Das machte Harrwitz ärgerlich. Warum interessierte sich dieser de Vries nicht dafür? Steckte er womöglich auch mit dem fundamentalistischen Pack unter einer Decke?

De Vries setzte die Befragung fort. Was denn Harrwitz über den Mord selbst mitbekommen habe?

„Ich weiß sicher weniger als Sie. Nach meinen Informationen ist David Sengers Schädel von vorne zertrümmert worden, ich habe das aber nicht selbst gesehen, sondern Monsieur Walter hat es mir so erzählt. Wenn das zutrifft – darf ich fortfahren?“ Harrwitz war etwas vorsichtiger geworden.

„S'il vous plaît“, sagte de Vries.

„Wenn es stimmt, dass der Schädel von vorne zertrümmert worden ist, dann könnte das darauf hinweisen, dass David Senger seinen Mörder gesehen und möglicherweise gekannt hat. Sonst hätte er sich doch gewehrt oder hätte versucht wegzulaufen. Wie gesagt, ich vermute das nur ...“

„Ja“, sagte de Vries zu Harrwitz' Überraschung, „das ist ein guter Gedanke. Was Sie vorbringen, ist sehr gut denkbar.“

Damit fühlte sich Harrwitz ein wenig in die Ermittlungen einbezogen. Aber keine zehn Minuten später änderte sich das wieder. Harrwitz kam auf die fehlenden 1000 Euro zu sprechen, worauf de Vries heftig reagierte.

„Mon Dieu, Monsieur, da hat sich Monsieur Senger wohl vertan! Das ist doch leicht zu verstehen! Er hat gerade die Nachricht bekommen, dass sein Sohn, sein einziger Sohn, definitiv ermordet worden ist, dass man ihm brutal den Schädel eingeschlagen hat und ihn dann einfach oben im Wald hat liegen lassen, dass ihn Tiere halb aufgefressen haben, dass nur noch eine halb skelettierte Leiche übrig ist, die sieben Meilen gegen den Wind stinkt – das ist alles, was von seinem Sohn, von seinem geliebten Sohn übrig geblieben ist!

Sein einziger Gedanke: Ab nach Hause, ich will meinen Sohn halbwegs würdevoll beerdigen, ich will meine Ruhe; dazu die ewige Heimlichtuerei vor seiner Frau, die nicht einmal merken darf, dass er trauert. Verstehen Sie das nicht? Da nimmt er seine letzten Kräfte zusammen, um mit Ihnen zu telefonieren, völlig am Ende, überlegt, dass er Ihnen anstandshalber noch eine Erklärung schuldig ist, mit zitternden Händen, alles zerfließt ihm vor den Augen, vielleicht hat er auch getrunken.

Haben Sie Kinder, Monsieur Harrwitz? Würden Sie da nicht genauso reagieren? Vielleicht haben Sie ihn auch nur falsch verstanden, da hinten im Kaysersberger Tal, wo Sie den Anruf entgegen genommen haben, ist der Handyempfang sehr schlecht, das müssen Sie doch gemerkt haben. Soll ich jetzt die deutschen Kollegen bitten, Monsieur Senger mit der Frage zu belästigen, ob er Ihnen wirklich 'nur' 1000 Euro hat geben wollen und nicht vielleicht doch 2000 Euro oder womöglich 3000, 4000, ob vielleicht der Verdacht vorliege, Monsieur Kempff habe Geld an sich genommen?

Ganz davon abgesehen, dass Monsieur Kempff Ihnen dann auch vorwerfen könnte, den Diebstahl nur vorzutäuschen – Sie könnten nicht das Gegenteil beweisen und hätten eine Verleumdungsklage am Hals! Lohnt sich das? Lohnt sich das wirklich? Kaffeepause!"

De Vries hatte sich in Rage geredet und sein Gesicht war wieder etwas rot angelaufen. Jetzt erhob er sich und ging vor das Haus, um eine Zigarette zu rauchen. Harrwitz kam sich ziemlich schäbig vor. Dabei hätte er eben noch darauf schwören können, im Recht zu sein. Andererseits – die 1000 Euro hätte er gut brauchen können. Ob er nicht doch einmal – ?

Okay, Kaffeepause! Gute Idee! Nur funktionierte der vorsintflutliche Kaffeeautomat im Flur nicht. Aber ein Beamter hatte Kaffee gekocht, schwarzes, bitteres Zeug, aber immerhin.

Für was hält er mich?, fragte sich Harrwitz, der vor einem halben Tag noch herzlich wenig auf das Urteil des Kommissars de Vries gegeben hätte. Für einen geldgierigen Schnüffler? Was er sagte, enthielt doch auch eine zweite Botschaft: Ihr Privatdetektive seid doch alle total überbezahlt!

Ja, dachte Harrwitz, da hätte de Vries sogar Recht – wenn ich denn eine geregelte, zuverlässig bezahlte Tätigkeit hätte! 3000 Euro plus Spesen pro Woche? Schon nicht schlecht! Aber was ist Tatsache? Bald werde ich wieder einige Wochen zu Hause sitzen, wie ein Sandwich eingeklemmt zwischen der ewig kläffenden Daisy und dem ewig plärrenden Kind, und auf einen neuen Auftrag warten, und wenn niemand zu mir kommt, ist Sengers Geld in zwei, allerhöchstens drei Monaten aufgebraucht. Und dann?

Nach der Pause trat de Vries betont verbindlich auf.

„Schauen Sie, Monsieur Harrwitz, ich will keinen Streit mit Ihnen. Sie machen Ihre Arbeit, wir machen unsere Arbeit, einfach haben wir es beide nicht. Ich kann nicht sehen, dass Sie gegen irgendwelche Gesetze verstoßen haben, denn solange Sie sich nicht schriftlich als Historiker ausgeben, der von der Uni Mannheim angestellt ist, ist alles in Ordnung. Bitte entschuldigen Sie, dass ich etwas heftig geworden bin – ich habe mich natürlich über Sie vor unserem Gespräch bei meinen Mannheimer Kollegen erkundigt. Sie sind tatsächlich noch nicht lange Privatdetektiv, haben vermutlich nicht viel Geld, weil Sie in der Zeit davor keiner geregelten Tätigkeit nachgegangen sind, das alles stimmt auch mit Ihren Angaben überein. – Haben Sie eine Frage, Monsieur Harrwitz?"

„Ja, warum – warum – ?“

„Warum ich Ihnen vorhin trotzdem die Fragen nach Ihrem Beruf gestellt habe? Ganz einfach: Ich wollte herausfinden, ob Sie ehrlich antworten!“

Donnerwetter, dachte Harrwitz, den Trick muss ich mir merken!

„Wissen Sie“, fuhr de Vries fort, „bei uns gibt es viele in Ihrer Situation, die dann rumsitzen, auf Frankreich stolz sind, die Welt Scheiße finden und Front National wählen.“

„Die haben wir auch. Nur dass sie bei uns auf gar nichts stolz sind, außer vielleicht auf Bayern München oder Sebastian Vettel, und auch nicht wählen gehen. Andererseits ...“

„Andererseits kommt man aus der Armut sehr schwer wieder herauf, wenn man erst einmal drin steckt, natürlich. Das ist bei uns genauso. Nein, das kommt jetzt nicht ins Protokoll. Aber wir sollten weitermachen und noch über Monsieur Walter sprechen, Monsieur Carsten Walter. Monsieur Harrwitz, haben Sie Monsieur Walter in irgendeiner Weise gekannt, bevor Sie letzten Sonntag nach Ribeauvillé gekommen sind?“

„Überhaupt nicht“, sagte Harrwitz.

„Nicht persönlich und auch nicht zum Beispiel aus dem Internet?“

„Absolut nicht. Da bin ich ganz sicher.“

„Und wie haben Sie Monsieur Walter kennen gelernt?“

Harrwitz erzählte, dass die Initiative dazu von Walter ausgegangen sei. Das sei ihm schon seltsam vorgekommen; andererseits habe er in diesem Fall auch gerne einmal Walter zugehört, der ihm sehr viele Informationen gegeben habe, auch wenn er zuweilen – das sei der subjektive Eindruck von Harrwitz, er könne das nicht belegen – reichlich dick aufgetragen und sehr radikal und pauschal kritisiert habe.

Erwartete er, dass ihm jetzt de Vries etwas über Walter erzählte? Und was? Er wirkte bei dem Gespräch zunehmend sympathisch. Wie jemand, mit dem man gut reden und zu dem man auch Vertrauen fassen konnte.

Aber im nächsten Augenblick ärgerte er sich. Über seine Erwartungen und auch über den Kommissar. Denn dieser sagte nur:

„Monsieur Harrwitz, wir können an dieser Stelle wohl Schluss machen, ich danke Ihnen sehr für Ihre Aussagen ..."

Jetzt Gedanken lesen können! Konnte es de Vries etwa? Denn der fuhr fort: „Ich weiß, Sie möchten noch einiges wissen, sehr viel, und glauben Sie mir, ich verstehe das – aber verstehen Sie bitte auch mich! Ich kann Ihnen zu den laufenden Ermittlungen nichts sagen."

Natürlich merkte er, dass Harrwitz enttäuscht war.

„Ich habe den Eindruck, dass Sie selbst auch ganz gut vorangekommen sind, mit *Ihren* Methoden. Sie haben keine üble Arbeit geleistet, wirklich nicht. Und wenn Sie mich mal brauchen sollten, hier ist meine Karte. Ein ganz kleines bisschen Deutsch spreche ich zur Not ..."

# Kapitel 20

Ob das bei allen so war, die über fünfzig waren? Harrwitz fühlte sich nach der langen, sich so träge dahinschleppenden Vernehmung, auch wenn sie durchaus positiv verlaufen war, einfach nur ausgepowert, weniger körperlich, aber im Kopf. Er wünschte sich nichts als Ruhe. Nicht einmal Hunger hatte er, obwohl schon früher Nachmittag war. Jetzt einfach irgendwo sitzen und gar nichts denken. Zumal das Wetter weiter mitspielte. Gut, strahlendes Maiwetter sah anders aus. Aber immerhin traute sich die Sonne zwischen den dunklen Schauerwolken hervor.

Er schlenderte durch die Grand'Rue, ließ sich auf einer Terrasse nieder und bestellte Kaffee und Kuchen. Dann noch ein Gläschen Wein. Edlen Gewürztraminer, zur Feier des Tages. Heute nichts mehr tun müssen, welch ein Segen! Morgen? Mal sehen. Erst einmal dasitzen und den Nachmittag genießen.

Gegen Abend machte er einen kleinen Spaziergang in den Weinbergen, ließ seine Blicke schweifen und auch seine Gedanken. Nur machten die sich rasch selbstständig und schon war er wieder bei seinem Fall gelandet.

Conny! Die Kempff-Tochter! Wie die finden? Er konnte wohl kaum nach ihr fragen. Zwar war natürlich die Rolle als Historiker der Universität Mannheim ausgespielt, aber dem Privatdetektiven Harrwitz würde man noch weniger erzählen. Einem fremden, noch dazu ausländischen Schnüffler, Gott bewahre! Was geht uns die Leiche des jungen Deutschen an? Am besten Gras darüber wachsen lassen, es war ja keiner von uns, vermutlich einer aus dem Irrenhaus! Oder ein Marokkaner oder Algerier! Und bedenken Sie nur: die Touristen …

Er überlegte, Walter anzurufen. Aber war das wirklich eine gute Idee? De Vries war ihm bezüglich Walters sehr distanziert erschienen. War das nur professionell – oder steckte mehr dahinter? Was um alles in der Welt wusste der Kommissar? Andererseits hatte er Harrwitz sogar ermutigt …

Aber mit diesem Walter – ?

Trotzdem – wer nicht wagt … Und mit wem denn sonst!

„Hallo, Walter, haben Sie was herausbekommen? Ich dachte an Conny ..."

„Die Tochter der Kempffs? Aber immer doch! Stets zu Diensten!"

„Na, dann erzählen Sie mal!"

„Wohnt oberhalb von Aubure, das ist ..."

„Ein Dorf oberhalb von Ribeauvillé, ich weiß. Gestern bin ich dort ein bisschen spazieren gefahren."

„Noch ein gutes Stück oberhalb von Aubure gibt es eine große Wiese mit einer überdimensionalen, kitschigen Marienstatue, die man von überall her sieht. So auf 1000 Meter Höhe ungefähr. Nennt sich Obermatten. Dort ist ein einzelnes Haus und in dem wohnt sie mit irgendeinem Typen, der tagsüber irgendwo in der Ebene arbeitet – keine Ahnung, wo und was, jedenfalls ist er da weg."

„Ob wir vielleicht mal ..."

„Aber sicher, das hätte ich Ihnen heute auch vorgeschlagen. Morgen? Mit dem allergrößten Vergnügen! Und wann?"

Harrwitz fuhr. Weit hinauf nach Aubure; dort dirigierte ihn Walter auf ein arg ramponiertes Waldsträßchen, auf dem er seinen Corsa im Schritttempo weiter bergauf quälte..

Was sollten sie eigentlich dort oben? Harrwitz jedenfalls hatte überhaupt keinen Plan. Na, erst einmal schauen. Walter schien sich seiner Sache umso sicherer zu sein. Die ganze Aktion schien ihm Spaß zu machen, soweit man das aus seinem undurchdringlichen Hamstergesicht überhaupt erkennen konnte.

Unvermittelt fanden sie sich auf einer großen Bergwiese. Harrwitz hielt an – was für eine Lage! Tief unten die Burgen von Ribeauvillé, das Weinland, die Ebene, ganz hinten der Schwarzwald. Er war fasziniert. Erst einige Augenblicke später registrierte er, dass ihn Walter unbewegt musterte.

„Immer wieder spannend, wie so einfache Landschaftsbilder die Menschen psychisch beeinflussen", sagte er.

Harrwitz zwang sich, einmal tief durchzuatmen. Vermaledeiter Troll!

„Gut, Sie haben im Grunde Recht – deshalb sind wir ja auch nicht hier oben. Aber bleiben wir noch einen Augenblick stehen und sprechen uns ab. Was wollen wir hier eigentlich?"

„Na, die schöne Conny fragen, ob ..."

„Langsam, Walter, langsam. Erst mal überlegen. Was wissen wir? Nicht viel: Sie scheint kurz nach Davids Verschwinden hier heraufgezogen zu sein. In eine traumhafte Landschaft, aber für eine junge Frau doch wohl eher der Allerwerteste der Welt."

„Na, ihr Erzeuger wird sie rausgeworfen haben."

„Kempff hat sie verstoßen, weil sie was mit David hatte – was wir noch längst nicht wissen? Und sie zieht in die Einöde und geht in Sack und Asche durchs Leben? Kasteit sich zweimal in der Woche, lebt nur von Wurzeln und Pilzen und rutscht auf den Knien vor einer fünf oder acht Meter hohen Madonnenstatue herum? Finden Sie nicht, dass so etwas im 21. Jahrhundert doch ein bisschen ungewöhnlich wäre?"

„Sprechen Sie weiter, ich höre Ihnen zu!"

„Es gibt gar nicht viel mehr zu sagen. Fakt ist einfach: Wir wissen sehr wenig und müssen einfach ..."

„Ein bisschen auf den Busch hauen. Das kann ich gut. Gehen wir die letzten Schritte zu Fuß"

Sie stellten den Wagen ab und brauchten nur um eine kleine Hangbiegung zu gehen, dann konnten sie schon oberhalb das Haus liegen sehen und etwas links von ihm die Marienstatue.

Als sie sich dem Haus näherten, ertönte vielstimmiges Gebell.

„Chiens d'arrêt de Bilstein", las Harrwitz auf einem Metallschild am Eingang, das zudem vom Kopf eines Jagdhunds geziert war. „Vorstehhunde nennt man die auf Deutsch, soviel ich weiß, ich kenne mich mit dem Jagdkram nicht aus", sagte Walter. Die Hunde waren offenbar in einem Zwinger, ihr Gebell dauerte an, aber zu sehen waren sie nicht.

Harrwitz läutete und nach wenigen Augenblicken öffnete eine junge Frau, die Madame Valérie Kempff aus dem Gesicht geschnitten schien. Ein wenig mausartig war es auch schon, allerdings wurde dieser Eindruck noch von der jugendlichen Attraktivität übertönt. Wie alt mochte sie sein? 22? 25 höchstens.

„Bonjour, Mademoiselle Kempff", begann Harrwitz höflich, „bitte entschuldigen Sie die Störung, dürften wir kurz mit Ihnen reden? Es geht um David Senger, dessen Leiche gestern gefunden worden ist ..."

„Ja, ich erinnere mich an den Namen, er hat einige Zeit bei meinen Eltern gewohnt, und von dem Leichenfund weiß ich aus der Zeitung, furchtbar, ja ..."

„Sie wohnen seit Anfang November des letzten Jahres nicht mehr bei Ihren Eltern, sondern hier oben?"

„Seit dem 3. November, ganz genau, aber wer sind Sie eigentlich? Polizei?"

Bevor Harrwitz antworten konnte, schaltete sich Walter ein.

„Trifft es zu, dass Sie sich wegen David mit Ihren Eltern gestritten haben?“

„Was, gestritten? Ja, sind Sie nun von der Polizei?“

„Hatten Sie ein Verhältnis mit ihm? Hat er Sie gefickt, wenn Ihnen da so lieber ist?“ Harrwitz verschlug es fast die Sprache.

„Das ist ja eine Unverschämtheit – jetzt zeigen Sie mir erst mal Ihre Ausweise, alle beide!“

„Madame, wir sind nicht von der Polizei. Wir sind Privatdetektive. Aber es wäre vielleicht besser ...“

„Und da haben Sie die Frechheit ... Das ist ja wohl die größte Sauerei, die mir je ... Seht zu, dass ihr verschwindet, ihr vulgäres Pack! Dass ihr ganz schnell Land gewinnt! Was glaubt ihr eigentlich, ihr – ihr – “

„Aber Madame“, versuchte Harrwitz die Situation zu retten, „mein Kollege hat das nicht so gemeint, wir wollen doch nur – “

Keine Chance. Sie schimpfte in schrillsten Tönen weiter, mal auf Deutsch, mal auf Französisch, wie es gerade kam. Die Hunde, die sich gerade erst beruhigt hatten, legten auch wieder los.

Es hatte wohl keinen Sinn mehr. Harrwitz wandte sich zum Gehen. Er fühlte sich wie der letzte Idiot.

„Grüßen Sie Ihre Eltern schön von uns!“, rief ihr Walter zu und machte einige obszöne Gebärden..

Während sie unablässig weiter tobte und schrie, trottete Walter aufreizend gemächlich hinter Harrwitz her. Der musste sich sehr zwingen, ruhig zu bleiben.

„Schön, Walter. Und was hat uns dieser Auftritt jetzt gebracht?“

Walter deutete ein zufriedenes Grinsen auf seinem breiten Gesicht an.

„Jetzt sagen Sie schon!“

„Tja, Herr Historiker“, antwortete er gedehnt. „Haben Sie rein zufällig schon mal von Römischem Recht gehört?“

„Keine Strafe ohne Gesetz, im Zweifel für den Angeklagten – natürlich, ich bin ja nicht blöd ...“

„Sehen Sie, genau dieses Römische Recht beantwortet Ihre Frage. Was sagt es für den Fall, dass der Beschuldigte sich zu den Vorwürfen nicht äußert?“

„Dass er die Beschuldigungen nicht zugibt. Dass er also aufgrund seines Schweigens nicht als schuldig angesehen werden dürfe“

„Stimmt eben nur halb“, dozierte Walter. „Es sagt weiter: Fest steht ebenso, dass der Beschuldigte die Vorwürfe, die gegen ihn erhoben werden, nicht bestreitet. Und – hat sie etwas bestritten? Haben Sie etwas gehört? Ich nicht!“

„Walter, das ist jetzt nicht Ihr Ernst!“

„Warum nicht, Harrwitz? Sagen Sie mir, warum das nicht mein Ernst sein soll“

„Und was sollte der Schluss? Der Gruß an ihre Eltern? Es ist doch klar, dass sie mit denen reden wird!“

„Soll sie ja auch!“

„***Soll*** sie ja auch?“

„Aber ja, verehrtester Monsieur Harrwitz! Wissen Sie: Wir haben nicht viel. Also klopfen wir wie abgesprochen auf den Busch und warten, was hervorgekrochen kommt. Oder anders ausgedrückt: Wir stellen dem Gegner ein Problem, das ihn dazu veranlassen könnte, einen Fehler zu machen. Und jetzt warten wir, was passiert.“

Harrwitz wusste nicht, was er noch sagen sollte. Endlich brummte er:

„Also das ist zwar jetzt ganz sicher nicht meine Methode, aber ...“

# Kapitel 21

Ein geruhsames Frühstück ohne Hektik – das war für Harrwitz schon immer sehr wichtig. So saß er auch am nächsten Morgen ganz entspannt an seinem Frühstücktisch und ließ es sich gut gehen. Für heute hatte er keinen Zeitplan – was gab es für ihn überhaupt noch zu tun? Die Entwicklung der Ereignisse abwarten? Und wieder die Frage: Wie lange sollte er überhaupt noch hier bleiben? Na, erst einmal in aller Ruhe frühstücken! Und ein paar Tage Urlaub könnten sicher auch nicht schaden. Ein bisschen im Gebirge herum streifen! In dem war er ohnehin nicht zum letzten Mal, das nahm er sich fest vor.

Keine Lust, die Zeitung zu lesen ...

Nur schade, dass sich das Wetter schon wieder zu verschlechtern schien. In der Nacht musste es wie aus Kübeln gegossen haben. Jetzt war es trocken, aber wie lange? Und die Sonne ließ und ließ sich nicht blicken.

Conny saß etwas verschlafen, aber mit sorgfältig gestylter Föhnwelle an seinem Tisch und war mit seinem iPod beschäftigt. Selbst dieses Bild strahlte eine gewisse Ruhe und Harmonie aus. An einem anderen Tisch hatte der Wirt seinen Laptop aufgebaut. Die leise Hintergrundmusik störte überhaupt nicht.

Noch ein Croissant mit Butter und hausgemachter Mirabellenmarmelade. Nicht aus Hunger, sondern einfach, weil er sich so wohl fühlte und das Croissant so frisch und knusprig aussah.

„Sagen Sie, Conny ..."

Ganz sollte er seine Pflicht denn doch nicht vergessen.

„Haben Sie eigentlich diesen David Senger gekannt, dessen Leiche gestern ..."

„Non, monsieur. Pas de tout. Überhaupt nicht." Seinerseits kein Interesse an Kommunikation, er hatte kaum aufgeschaut. Na, gut, einen Versuch war es Harrwitz wert gewesen. Innerlich fluchte er über den Kellner. So ein Nichtsnutz! Konnte man diesem verschlossenen Schönling auch nur ein Wort glauben? Aber gut, nicht ärgern! Lieber das Croissant in Angriff nehmen.

Im nächsten Augenblick stieß der Wirt einen lauten Ruf aus.

„Das gibt's doch nicht! Das ist doch unglaublich! In was für einer Welt leben wir denn eigentlich? Das sind doch Vandalen, nichts als Vandalen!"

Harrwitz fuhr hoch und selbst Conny schaute auf.

„Gerade bekomme ich eine Mail von meinem Onkel, der in Aubure wohnt. Oberhalb von Aubure gibt's eine Bergwiese, die Obermatten. Dort steht ein großes Madonnenstandbild. Und das ist geschändet worden, beschmiert, heute Nacht muss das gewesen sein. Im Regen sind da welche rauf und haben die Statue voll gesprüht. Mit knallroter Farbe. Schauen Sie sich das an, Monsieur, schauen Sie sich das an!"

Der Wirt hatte per Mail Fotos bekommen, die die beschmutzte Madonnenstatue zeigten. Harrwitz schaute genau hin. Auf dem Rocksaum der Muttergottes war mit roter Farbe eine Hexe aufgesprüht worden. Ganz einfach gehalten, nur mit einigen Strichen, wie ein Kind mit seinen Buntstiften eine Hexe malen würde: Eine Frau mit wehenden Haaren saß auf dem Stiel eines langen Besens, eines typischen Hexenbesens eben, und flog offenbar durch die Gegend. Unter diesem Kunstwerk waren die Worte „Vive l'Alsace!" zu lesen, „Es lebe das Elsass!"

Harrwitz musste sogleich an Walter denken.
„Was sagen Sie dazu, Monsieur? Das ist doch unglaublich!"
Conny war schon wieder mit seinem iPod beschäftigt.
„Verstehen Sie das, Monsieur? Wer macht so etwas? Und warum? Warum macht jemand so etwas? Der muss doch wissen, dass er uns damit weh tut!"
Natürlich wusste dieser Jemand das, das war es doch gerade! Im Geist sah Harrwitz Walter vor seinem giftgrünen Diabolo sitzen und mit seinem Hamstergesicht und den ewig unruhigen Augen ganz interessiert die Reaktionen der ach so dummen elsässischen Spießbürger beobachten. Aber zurück zum Frühstückstisch!
Nur kam er auch jetzt nicht zu seinem Croissant. Vielmehr führten die Ereignisse dazu, dass diesem das traurige Schicksal zuteil wurde, im Bio-Müll zu enden. Streng gemäß EU-Recht.

# Kapitel 22

„Ìsch dr Monsieur Harrwitz scho do?

Laute Schritte im Flur, eher ein Trippeln. Und die Stimme – war es möglich? Nein, da stürzte sie schon herein, in äußerster Erregung: Madame Kempff.

Und wie sah sie aus! Tatsächlich, sie hatte ein blaues Auge. Ihr Mann?

„Um Gottes Willen, Madame Kempff, jetzt setzen Sie sich erst mal – was ist denn passiert? Möchten Sie zuerst mal einen Kaffee? Patron! Conny!“

Harrwitz zwang sich zur Ruhe, dabei wusste er nicht, was er mit ihr machen sollte. Sie reagierte kaum auf das, was er sagte, war völlig außer sich, schnappte förmlich nach Luft. Tränen liefen ihr über das Gesicht.

Der Wirt stellte eine dampfende Kaffeetasse vor sie hin.

Aber sie rührte nichts an, sie saß nur lethargisch auf einer Stuhlkante.

„Madame Kempff, bitte setzen Sie sich doch erst einmal ruhig hin, entspannen Sie sich, versuchen Sie durchzuatmen! Lassen Sie sich Zeit! Und wenn Sie soweit sind, reden Sie. In aller Ruhe ...“

Sie bewegte sich kaum. Hatte sie überhaupt verstanden, was er zu ihr gesagt hatte? Lauter Blödsinn, dachte er. Aber mein Gott, was soll ich ihr denn sagen? Wie gehe ich mit so etwas um? Erst mal abwarten, mal sehen, was passiert …

„Dàs hàwi sah komma. Dàs hàwi d'gànz Zitt sah komma. Dàs hett nìt güet anda känna.“

„Madame, Kempff, bitte ...“

„Dàs ìsch schlìmm. Dàs ìsch a Kàtàschtroph ...“

Was sagte man zu einer völlig aufgelösten Frau, die etwas loswerden wollte und nicht die Kraft dazu hatte?

„Kommen Sie, trinken Sie einen Schluck Kaffee! Hier ist Zucker. Und möchten Sie Milch? Die hier ist nur noch lauwarm ...“

Ganz allmählich wurde sie etwas ruhiger.

„So, Madame – jetzt in aller Ruhe. Lassen Sie sich Zeit.“

„Àlles mini Schuld ...“

„Aber warum? Warum, Madame Kempff? Und was ist Ihre Schuld?“

„Àlles mini Schuld ...“

„Das glaube ich Ihnen nicht. Nichts auf der Welt gibt jemandem das Recht, Sie zu schlagen. Hören Sie? Nichts auf der Welt! Nun reden Sie in aller Ruhe – und bitte, Madame, bedenken Sie, dass ich kein Elsässer bin ... Möchten Sie lieber etwas Kaltes trinken? Ein Wasser? Oder – ?“

„Conny, komm, brìng m'r a Quatschawasserla!“

Der Kellner setzte sich in Bewegung, keinen Deut schneller als gewöhnlich.

„Jetzt machen Sie schon, Conny, Sie sehen doch .. !“

Endlich stand das Obstwasser da. Sie nahm einen ziemlich kräftigen Schluck.

„Mein Mann ist oben ...“

„Wo oben, Madame Kempff? Nur die Ruhe ...“

„Rémy ist vor einer Stunde zum Taennchelhof hinaufgefahren – und Sie sehen ja, was er ... Dabei ist er nicht schlecht, wirklich nicht ...“

Harrwitz sah nur zu gut. Ihr Gesicht war um das lädierte Auge herum blauschwarz.

Er begriff, dass er eben nicht alle Zeit der Welt habe, ihr zuzuhören. Offenbar fürchtete sie, dass ihr Mann oben gewalttätig werde. Warum, das sollte er sicher gleich herausbekommen. Dabei verstand er eines nicht:

„Oben, am Taennchel, sind doch, soviel ich weiß, vierzehn – wie sagt man? – Zöglinge, dazu einige Sozialarbeiter ...“

„Alle auf Ausflug, nur Monsieur Walter ...“

Dann war alles klar. Carsten Walter war alleine oben und Rémy Kempff wusste das. Da war tatsächlich keine Zeit zu verlieren.

„Ich fahre gleich hoch …“

In diesem Augenblick betrat ein neuer Gast das Restaurant. Der Vikar René Renaud.

„Monsieur Renaud“, sagte Harrwitz, „bonjour erst einmal. Ich bin froh, dass Sie kommen. Ich muss hoch zum Taennchelhof, Monsieur Kempff ist hochgefahren und scheint jedenfalls nichts Gutes vorzuhaben. Und Madame Kempff – Sie sehen ja selber. Oder möchten Sie mit?“

René Renaud blickte undurchdringlich.

„Mein Platz ist bei Madame Kempff … Gott mit Ihnen, Monsieur Harrwitz!“

Harrwitz wusste nicht, was er sagen sollte.

„Monsieur Harrwitz, ich meine das ernst, aber mein Deutsch ist nicht so gut. Lasse Gott Ihr Vorhaben gelingen, möglichst ohne noch mehr Leid. Aber ich denke, Madame Kempff braucht mich jetzt. Ich wünsche Ihnen alles erdenklich Gute.“

„Danke, Monsieur Renaud, auch Ihnen bestes Gelingen ...“

„Monsieur Harrwitz!“ Sie schaute ihm ins Gesicht, sichtlich voller Angst, ob sie das jetzt wirklich sagen solle. „Mein Mann hat eine alte Pistole oder so etwas, aus dem Krieg, sein Vater war im Widerstand – passen Sie auf!“

„Und Conny – wo ist eigentlich der Patron?“

„Fährt zum Markt nach Colmar, Fisch einkaufen ...“

„Gut, Conny, bitte rufen Sie Kommissar de Vries an. Hier ist seine Visitenkarte. Sagen Sie ihm, wo ich bin, er soll raufkommen, so schnell es geht. Sagen Sie ihm, es ist dringend, da oben könnte was passieren."

„Ja, Monsieur, selbstverständlich ..."

„Bitte vergessen Sie das nicht, das ist sehr, sehr wichtig!"

„Sofort, Monsieur", murmelte Conny, in heller Aufregung über seinen iPod gebeugt..

## Kapitel 23

Ganz klar: Es war ein wahnwitziges Unternehmen. Ein Unternehmen, das einem Himmelfahrtskommando gleichkam. Harrwitz machte sich da nichts vor.

Aber was hätte er sonst tun sollen?

So schnell wie möglich aus Ribeauvillé hinaus! Schnell? Ha, ha! Es war zum Verrücktwerden! Gleich neben dem Restaurant „Aux Chevaliers du Malte“ wurde ein großer Lastwagen entladen, der Gegenverkehr hatte Vorfahrt und Harrwitz' Geduld wurde mächtig strapaziert. Aber was tun? Zornig hupen? Sehr hilfreich! Zum Glück kam er auf die Idee, die Stadt Richtung Rheinebene zu verlassen und am östlichen Stadtrand auf die Umgehungsstraße zu wechseln. Wer sagte es denn!

Hoffentlich komme ich nicht zu spät, fuhr es ihm ständig durch den Kopf. Hoffentlich tickt Rémy Kempff, dieses wandelnde Pulverfass, nicht vollständig aus! Und Walter, der total unberechenbare Walter?

Ein uralter, kleiner Renault vor ihm, entschieden zu wenige PS für diese steile Bergstraße. Hatte er dieses altersschwache Vehikel nicht schon einmal gesehen? Vorgestern, am Hotel Étang du Dévin? Was hatte das jetzt schon wieder zu bedeuten? Aber vermutlich täuschte er sich. Überholen? Ganz unmöglich, man konnte die Kurven in dem engen Waldtal nicht einsehen. Und heute, am Werktag, und bei diesem trüben Wetter war zwar nicht viel Verkehr, aber trotzdem ...

Was wollte Harrwitz überhaupt da oben? „Räuber und Gendarm“ spielen? Anschleichen wie Winnetou und Old

Shatterhand? So ein Blödsinn! Aber die Frage, was er da oben ***wollte***, stellte sich im Grunde überhaupt nicht, das war ihm klar. Die Frage war eher, was er überhaupt noch tun ***konnte***. Und ob er gerade dabei war, seine Haut zu Markte zu tragen.

Dieses nervtötende Getrödel. Dabei konnte der Renault vor ihm ja nichts dafür. Der konnte sich ja nicht in Luft auflösen. Trotzdem ... „Fahr doch wenigstens mal zur Seite und lass mich vorbei, du lahme Ente!“ Keine Chance.

Endlich der Pass. Harrwitz bog auf den Schotterweg zum Irrenhaus ein. Irrenhaus! Diese böse Bezeichnung schien ihm nun tatsächlich zu passen wie die Faust aufs Auge.

Er fuhr jetzt sehr langsam. Nicht nur, weil der Schotterweg, der in Serpentinen einen steilen Waldhang überwand, für seinen alten Corsa eine ziemliche Quälerei darstellte. Durch die Regengüsse der letzten Tage war der Weg auch nicht gerade besser geworden. Walter hatte es da einfacher, der hatte einen Rover. Der Hauptgrund war aber, dass er sich jetzt doch dem Taennchelhof näherte. Wenn der Steilhang überwunden war, musste gleich die Wiese kommen und dann konnte man ihn sehen. Und hören. Klar, dass da Vorsicht angezeigt war.

Sieh da, kaum kam er am oberen Ende des Steilhangs an, schon erblickte vor einer nicht einsehbaren Kurve einen rechts des Weges abgestellten Geländewagen. Keine Frage, die Karre gehörte nicht Walter, der wäre ja bis zum Hof gefahren.. Also musste es Kempffs Auto sein.

Harrwitz wusste, dass es nicht mehr weit sein konnte. Vielleicht noch zwei drei Kurven, vielleicht auch nur noch diese eine, allerhöchstens noch zehn Minuten bergauf. Er stieg aus und ging vorsichtig weiter.

Bei der Kurve wechselte er zum Wegrand, weil er da nicht so leicht gesehen werden konnte. Das Gelände war recht flach, fast eine Art schiefe Ebene, eigentlich konnte er da auch querfeldein vordringen. Zwar nicht gerade geräuschlos, das war ganz unmöglich bei dem vielen Unterholz. Aber durch die Bäume hindurch sah er schon die Lichtung mit dem Hof. Nicht weit von ihm entfernt grasten Kühe. Da kam es auf ein paar zusätzliche Geräusche nicht an.

Menschen waren nicht zu sehen.

Und der Hund? Würde der wieder so friedlich sein wie vorgestern? Aber der war ja wohl Wanderer gewöhnt. Auch wenn sie aus dem Unterholz kamen?

Harrwitz war vielleicht noch fünfzig Meter von der Lichtung entfernt, da sah er etwas auf der Erde liegen, noch im Wald. Je näher er kam, desto schwerer fiel ihm das Weitergehen, denn das war ganz zweifellos ein über und über blutiger Körper. Eine riesengroße Angst kam in ihm auf, drohte ihn zu lähmen. Kam er zu spät? Was um Himmels Willen hatte der verrückte Kempff – ?

Nein, es war keine menschliche Leiche. Es war ein Tierkadaver. Offenbar ein Lamm, von einem großen Raubtier förmlich in Stücke gerissen und halb aufgefressen. Die Gedärme lagen frei, das genügte schon, dass ihm fast übel wurde. Einen Augenblick lang vergaß er, warum er eigentlich hier war, und überlegte, was es denn hier um Himmels Willen für Raubtiere geben könnte, die zu so etwas fähig seien. Ihm fielen nur Luchse ein. Oder Kolkraben? Von Wölfen in den Vogesen hatte er noch nichts gehört. Trotzdem – einem Luchs hätte er ein solches Blutbad nicht zugetraut.

Wie Walter! Du bist schon wie Carsten Walter!, sagte er zu sich. Als würde alles davon abhängen, ob hier ein Luchs, Kolkrabe, Wolf oder Eisbär am Werk war! Langsam arbeitete er sich weiter voran, immer darauf bedacht, zwischen sich und dem Haus die Kühe zu haben.

So erreichte er die Grenze zwischen Wald und Weide. Vielleicht noch 100 Meter bis zum Haus. Wie hinüberkommen, ohne gesehen zu werden? Und ohne eine prächtige Zielscheibe abzugeben? Noch konnte er sich hinter einem Baum verstecken. Aber wie ging es weiter?

Dann sah er die Lösung – und wunderte sich, nicht sofort auf sie gekommen zu sein. Nach links zog der Waldrand eine langgezogene Kurve und endete nur wenige Meter von einer Ecke des Hofs entfernt. Also immer wenige Schritte vom Waldrand entfernt weitergehen! Leider Laubwald, das ließ eine Menge Unterholz und viel Nässe erwarten.

„Weitergehen" passte tatsächlich nur sehr bedingt, Harrwitz kämpfte sich meterweise über den nassen Waldboden und wurde andauernd zu Umwegen gezwungen. Und überall lagen kleine Zweige herum – möglichst nicht drauf treten! Aber er kam voran, obwohl er vor Ungeduld fast verrückt wurde, er musste sich mit riesiger Energie dazu zwingen, ruhig und konzentriert seinen Weg zu suchen. Verrückt, einfach verrückt: Da spielte sich irgendwo im Haus womöglich gerade eine blutrünstige Tragödie ab und er watete durch den Schlamm! Aber hatte er eine andere Wahl?

Endlich war die Hausecke erreicht. Nichts wie heraus aus dem Matsch, endlich wieder festen Boden unter den Füßen! Nach wie vor sah er keinen Menschen. Auch der Hund ließ sich nicht blicken. Wo steckte der bloß? Hatte ihn Kempff etwa auch – ? Nur die Kühe mampften auf ihrer Weide und ließen sich nicht stören.

Schrittweise und jetzt wirklich sorgfältig darauf bedacht, um Himmelswillen kein Geräusch zu verursachen, schlich er an der Hauswand entlang. Er war im Stallbereich; die Fenster waren recht klein und auch ziemlich hoch. So fiel es ihm leicht, darunter vorbei zu schleichen.

Immer mehr nahm seine Anspannung zu, es war kaum noch auszuhalten. Wie lange würde das noch gut gehen? Immerhin, jetzt kannte er sich auch wieder aus. Ganz vorsichtig blieb er hinter einer Ecke stehen, hinter der er in wenigen Schritten den Eingang zur Gaststube erreichen konnte. Und nun? Er kam auf die Idee, es so zu machen, wie er es in einem Kriegsfilm gesehen hatte: Zuerst nahm er von einem Holzstoß ein dickes Scheit, setzte seine Schildmütze darauf und schob sie nun extrem langsam über die Ecke hinaus. Jeden Augenblick rechnete er damit, dass auf die Mütze geschossen wurde, aber nichts geschah. So wagte er, vorsichtig seinen Kopf vorzuschieben, um einen Blick um die Ecke werfen zu können.

Alles leer, kein Mensch da. Die Tür zur Gaststube war zu. War überhaupt jemand im Haus?

Langsam und leise schlich er auf das Haus zu. Kein Geräusch war zu hören.

Höchstens noch zwei Schritte war er von der Eingangstür entfernt – da erhob sich neben ihm ein vielstimmiges lärmendes Geschrei, ein wahres Höllenspektakel, das brutal die Stille zerriss. Es schmerzte ihm dermaßen in den Ohren, dass er eine Sekunde lang das Gesicht verzog.

Die Gänse!, dachte er, mein Gott, die blöden Gänse! Ich bin ja so ein Vollidiot! Jetzt ist alles aus. Jeden Augenblick musste ein Schuss knallen, es konnte höchstens noch wenige Sekunden dauern, nur wenige Augenblicke, gleich ...

Wenn einen diese wahnsinnige Angst nur nicht so lähmen würde!

Langsam, ganz langsam öffnete sich die Tür zur Gaststube.

„Bonjour, Monsieur Harrwitz", hörte er Carsten Walters Stimme. „Bitte kommen Sie doch herein! Wir haben Sie schon sehnlichst erwartet!"

# Kapitel 24

„Kennen Sie die Geschichte, wie die heiligen Gänse das Kapitol in Rom vor den gallischen Eroberern gerettet haben?", fragte Walter in seiner gewohnten Art. „Als Kind habe ich mich immer gefragt, wie das damals wohl war. Genau wie bei Ihnen, würde ich sagen, ganz genau wie eben: Die Gallier versuchten sich bei Nacht und Nebel anzuschleichen und plötzlich machten die Gänse Spektakel. Es ist doch immer mal wieder interessant, wie man anhand ganz banaler Dinge im Alltag plötzlich große Zusammenhänge verstehen kann, das müssen Sie zugeben!"

Harrwitz brauchte einen Augenblick, um sich an das Dämmerlicht in der Gaststube zu gewöhnen. Dann sah er Walter – ganz gemütlich auf einem Stuhl sitzend. Seine Lippe war an einer Stelle aufgeplatzt und blutig.

„Auf den Schnüffler habe ich gerade noch gewartet!" Jetzt nahm er auch Kempff wahr. „Los, hinsetzen! Da rüber, nicht so nah zu diesem Kerl da!" Und ja, das war zu befürchten gewesen: Kempff fuchtelte vor ihm mit der alten Pistole herum. Er wirkte äußerst erregt.

Jetzt schreien, schreien …

Aber Harrwitz schrie nicht. Vielmehr arbeitete sein Kopf fieberhaft. Was jetzt am besten tun? Wie den austickenden Choleriker beruhigen? Und was ging hier überhaupt ab?

„Meine Jungs fahren jetzt gerade im Europapark mit der großen Achterbahn, mit dem Silver Star, 73 Meter hoch, aber was ist das gegen die emotionale Achterbahnfahrt, die wir hier gerade erleben! Das wird jetzt richtig, richtig interessant..."

„Halt's Maul!", brüllte Kempff. „Und du, Schnüffler, setz dich hin! Und kein Wort!"

„Ich würde ihm gehorchen, Harrwitz. Er hat eine Pistole, wie Sie sehen. Aber ich fände es auch wieder schade, wenn Sie ihm gehorchen würden. Reden Sie mit ihm! Versuchen Sie auf ihn einzuwirken! Das könnte in einen dramatischen Auftritt münden und ich liebe dramatische Auftritte! Shakespeare, 'Götz von Berlichingen', Schillers 'Räuber' und 'Wilhelm Tell' – 'Mach deine Rechnung mit dem Himmel, Vogt, fort musst du, deine Uhr ist abgelaufen!' –, die Literatur ist voll von solchen Auftritten. Ich liebe sie!"

„Und ich finde, Walter, Sie sollten wirklich jetzt einmal, ein einziges Mal die Klappe halten! Monsieur Kempff, lassen Sie uns ..."

„Der Versuch, den Geiselnehmer zu beeinflussen! Den Ganoven über die menschliche Schiene packen! Ihn einlullen, einschläfern und bei der passenden Situation ..."

„Verdammt nochmal, Walter, halten Sie Ihr blödes Mundwerk! Stellen Sie sich vor, ich will noch ein bisschen leben!"

„Ach, warum denn? Das überrascht mich jetzt aber ..."

In diesem Augenblick schlug ihm Kempff die Pistole ins Gesicht. Nicht sehr heftig, aber ein Riss an der Wange fing sofort an zu bluten.

Walter zuckte kurz zusammen und gab einen leisen Schmerzlaut von sich. Im nächsten Augenblick hatte er sich schon wieder gefasst.

„Das alte Spiel. Der alte Nervenkrieg. Wer setzt sich durch, wer hat die besseren Nerven? Dreht schließlich der Kriminelle am Rad und richtet ein Blutbad an? Lässt er sich beschwichtigen? Und braucht danach der Retter in der Not, der dem bösen Buben gut zugeredet hat, eine Therapie, weil er von der Situation traumatisiert ist?"

„Du sollst jetzt ruhig sein, du Scheißkerl!" Es war schon eher Hilflosigkeit bei Kempff.

„Monsieur Kempff, lassen Sie uns in Ruhe reden, ich habe Ihnen nie etwas Böses getan ..."

„Ach, was wissen denn Sie? Sie kommen hierher und – und – "

„Reden Sie mit ihm, Kempff, the show must go on!"

„Du Dreckskerl, dir werd' ich ..." Unvermittelt fuhr Kempff zu Harrwitz herum: „Sitzen bleiben!" Dann wieder zu Walter: „Was hindert mich – !?"

„Monsieur Kempff, ich bitte Sie, hören Sie mir einen Augenblick zu, nur einen Augenblick, und wenn dieser Blödmann nicht endlich seine Klappe hält – da hinten ist ein Abstellraum, da könnte man ihn im schlimmsten Fall reinsperren ..."

„Freiheitsberaubung der einen Geisel durch die andere! Auch eine Möglichkeit, wie sich ein so dramatischer Stoff eigendynamisch weiterentwickeln kann. Daran habe ich noch gar nicht gedacht! Also gut, Harrwitz, reden Sie! Ich bin gespannt"

Kempff saß vorgebeugt da, die Pistole in der Hand. Er schien Harrwitz am Ende seiner Kräfte, sicher würde er dem Druck nicht mehr lange standhalten. Und dann?

„Monsieur Kempff, wir haben erst einmal nicht viel Zeit. Ich habe Kommissar de Vries ausrichten lassen, dass wir hier sind und dass es möglicherweise Schwierigkeiten geben könnte. Er kann jeden Augenblick hier sein, und wenn er kommt, dann sicher nicht alleine. Monsieur Kempff, ich weiß nicht, wie tief Sie in der Sache drin hängen ..."

„Emotional ganz tief. So richtig tief!" Walter konnte einfach nicht den Mund halten.

„Sie wissen nichts! Gar nichts!", schrie Kempff.

„Harrwitz, Sie müssen einsehen: Jeder ist seines Glückes Schmied. Oder seines Unglückes. Und Kempff ..."

„Ich bin meines Glückes Schmied, ich? Wer hat mich denn in die ganze Scheiße reingeritten? Wer hat denn – " Kempffs Stimme schnappte fast über.

Bei Harrwitz schrillten sämtliche Alarmglocken.

„Monsieur Kempff, ganz gleich, was bisher passiert ist und warum – dafür findet sich vielleicht noch eine Lösung ..."

„Nichts findet sich, nichts!"

„Aber wenn Sie uns hier abknallen, dann sind Sie auf jeden Fall ein Mörder! Ihre Frau ..."

„Lassen Sie die aus dem Spiel – Sie wissen ja nichts!"

„Dann sagen Sie's mir! Sagen Sie's mir, Monsieur Kempff!"

„Seine geliebte, biedere Valérie ist eine Schlampe, ganz einfach eine Schlampe! Und seine Tochter auch! Die schöne Conny ist auch eine gemeine Schlampe, eine ganz gemeine Schlampe, die bei jedem die Beine breit macht."

Im nächsten Augenblick schoss Kempff. Ziellos, mit zitternden Händen. Reiner Zufall, dass nichts Schlimmes passierte, er traf nur eine Flasche im Regel über die Theke, die beim Herunterfallen noch zwei, drei andere mitriss. Lauter Sirupflaschen. Das klebrige Zeug lief über den Boden hinter der Theke. Harrwitz sah es nicht, aber es roch schrecklich.

Vielleicht eine Minute lang herrschte Schweigen. Dann hörte man einen, nein, zwei Wagen kommen und vor dem Haus halten. Autotüren wurden geöffnet und wieder zugeschlagen. Dazu Stimmen.

„Rémy, Rémy! Wàs màchsch denn dü fer Sàcha? Komm, Schàtz, ich bìn doch jetz do, jetz wurd's wìeder güet ..."

„Nix wurd güet, nix! 's ìsch Schluss! Àlles ìsch hìì! Àlles!"

„Monsieur Kempff!“ Das war der Vikar Renaud. „Monsieur Kempff, ich bitte Sie, wenn Sie denn eine Geisel nehmen wollen, dann nehmen Sie in Gottes Namen mich!“

„Mich kann er auch behalten, ich komme schon mit ihm klar“, rief Harrwitz hinaus. „Aber schafft mir Walter weg, diese Dreckschleuder! Seit ich hier bin, ist der nur darauf aus, alles zum Eskalieren zu bringen!“

„Und womit, wertester Monsieur Harrwitz? Mit Recht!“

Da drückte Kempff ab.

# Kapitel 25

Das alte Schießeisen aus dem Zweiten Weltkrieg taugte sichtlich nicht mehr viel und Kempff konnte offensichtlich auch nicht recht damit umgehen. Etwa einen Meter vor Walter knallte die Kugel auf den Betonboden und prallte von da ab. Im nächsten Augenblick schrie Walter gellend auf, stürzte vom Stuhl und kauerte am Boden. Mit seinen Händen umklammerte er die Mitte seines Schienbeins. Zwischen den Fingern rann etwas Blut hervor.

„Kempff!“, schrie jetzt de Vries von draußen. „Es ist genug! Legen Sie die Waffe weg und kommen Sie mit erhobenen Händen ...“

„Hat sich erledigt“, rief Harrwitz. „Sie können ruhig reinkommen! Alles gut.“

Denn Kempff war, wie es schien, mindestens ebenso erschrocken wie Walter. Er hatte die Hand mit der Pistole sinken lassen und saß zusammengekauert da, immer auf Walter starrend. So beachtete er Harrwitz nicht und der brauchte nur einen schnellen Schritt zu Kempff zu machen, kräftig dessen Handgelenk zu packen, ihm die Waffe abzunehmen und sie vorsichtig auf den Tisch zu legen. Von Kempff kam keine Gegenwehr mehr.

Walter wimmerte wie ein kleines Kind.

Als erstes kam de Vries herein, mit erhobener Schusswaffe, die er aber sofort sinken ließ. Behutsam ergriff er Kempffs Pistole, sicherte sie und gab sie einem der vier uniformierten Beamten, die ihm gefolgt waren.

„Gut gemacht, Monsieur Harrwitz! Kompliment!“ De Vries meinte das ernst, das sah man, und Harrwitz ertappte sich dabei, dass er sich über das Lob freute.

Kempff kauerte völlig apathisch auf seinem Stuhl.

Im nächsten Augenblick stand Madame Kempff mit ihrem schwarzblauen Auge bei ihrem Mann und wollte ihn in die Arme nehmen, aber er stieß sie zurück.

„Kempff, was soll denn das jetzt, ich bitte Sie ...“

Dass ihn der Vikar angesprochen hatte, schien ihm etwas Lebenskraft zurückzugeben, aber in Form neuen Zorns. „Was das soll? Sie fragen, was das soll? Ausgerechnet Sie? Dabei wissen Sie doch selbst alles am besten aus Ihren Beichtstühlen und mit Ihrer Heimlichtuerei, Sie frommer Heuchler, Sie elender Kuttenprunzer ...“

„Sie weiß genauso gut, was das soll, sie ziert sich nur noch ein bisschen“, hörte man plötzlich Walter fast schon wieder auf seine alte Weise.

„Wollen Sie sich nicht bequemer setzen, Monsieur Walter?“, fragte de Vries in seinem freundlichsten Ton. „Es ist doch medizinisch völlig unverantwortlich, dass Sie da auf dem kalten Steinfußboden kauern! Und die allseits bekannte und bewährte 'stabile Seitenlage' dürfte bei Ihnen auch nicht zu empfehlen sein. Warten Sie, ich helfe Ihnen hoch!“ Damit packte er Walter kräftig unter den Armen und platzierte ihn auf einem Stuhl. Allerdings mit etwas Abstand zu dem Tisch, an dem inzwischen Harrwitz und Renaud gegenüber von Monsieur Kempff Platz genommen hatten. Walter schrie laut auf, dann sank er in sich zusammen, das Gesicht schmerzverzerrt. Einer der uniformierten Beamten nahm neben ihm Platz.

„Ist der Rettungsdienst verständigt?“ Soviel Französisch verstand Harrwitz nun doch.

„Ja, Monsieur le commissaire, aber es wird ein wenig dauern, bis er hier ist ..."

„Gut, Monsieur Kempff, nun unterhalten wir uns doch mal wie erwachsene Menschen. Sie meinen also ..."

„Das wissen Sie doch ganz genau! Das weiß jeder! Das wusste ganz Ribeauvillé über Jahrzehnte! Bloß ich alter Ochse ..."

„Sprechen Sie weiter!"

„Na, als dann ihr Sohn hierher kam, sich ausgerechnet bei uns einquartierte – und ich altes Kamel konnte es nicht verhindern ... Als er mit seiner Schwester, mit seiner eigenen Schwester ..."

„Wie, bitte? Was? Was war das jetzt eben?" Harrwitz fuhr hoch wie elektrisiert.

„Das haben Sie wohl nicht gewusst, Sie Schnüffler? Nicht einmal das? Sie Versager! Und Sie wollen ..."

„Sie sagen", fragte Harrwitz, „dass David Senger – dass er der Sohn Ihrer Frau ..."

„Ja, natürlich! Da kann sie es noch einmal ein halbes Leben lang abstreiten – und in die gottverdammte Beichte rennen – und sich mit Ave Marias volljaulen lassen ..."

„Monsieur Kempff, das stimmt doch nicht!"

„Lügen Sie nicht!"

„Monsieur Harrwitz hat Recht", sagte de Vries. „Das stimmt nicht! David Senger ist nicht der Sohn Ihrer Frau!"

Auf Kempffs Gesicht arbeitete es: Konnte man das jetzt glauben? Wo man es doch so gerne glauben würde! Aber ...

„Monsieur de Vries, darf ich?", frage Harrwitz. Und auf dessen Nicken: „Monsieur Kempff, an dem Tag, an dem man Davids Leiche gefunden hat, war Monsieur Senger bei mir – Sie erinnern sich?"

Wie sollte sich Kempff nicht erinnern!

„Bis dahin hatte er mir einiges über seine familiären Verhältnisse verschwiegen, und weil mir das klar geworden war, weil ich es nicht ausstehen kann, wenn mir ein Auftraggeber nicht alles sagt ..."

In de Vries' Mundwinkeln zuckte es einen Augenblick lang, wohl nur Harrwitz sichtbar.

„Da habe ich ihm so lange zugeredet, bis er mir zugab: Ja, David Senger ist unehelich, die Mutter war seinerzeit Verkäuferin bei verschiedenen Schlecker-Filialen in Mannheim, ich weiß nicht, ob Sie das hier im Elsass kennen ..."

„Und ob wir den Schlecker hier kennen", sagte Madame Kempff abwinkend.

„Diese Verkäuferin in Mannheim wird ja wohl kaum Ihre Frau gewesen sein, Monsieur Kempff ... Und Monsieur Senger schien mir in dem Augenblick ehrlich. Nur Walters Anruf verhinderte, dass er mir noch mehr erzählte ..."

Walter! Immer wieder Walter!

„Die Verkäuferin", sagte de Vries, „hieß Angelika Lutz, wohnhaft in Mannheim-Neuostheim – die genaue Adresse habe ich, aber die brauchen wir jetzt nicht ..."

„Sie wollen sagen ..."

„Ganz genau, Monsieur Kempff, genau das!"

Jetzt war alle Kraft aus ihm gewichen. Er war auf den Tisch gesunken und die Tränen liefen über sein Gesicht. Und als ihn seine Frau in die Arme nahm, so, wie eine Mutter ihr weinendes Kind in die Arme nimmt, da brachen bei ihm vollends alle Dämme.

# Kapitel 26

Harrwitz hatte sich selten in seinem Leben so unwohl gefühlt wie in diesem Augenblick. Was tun angesichts eines hemmungslos schluchzenden Mannes, der doch mindestens sechzig sein musste? Damit konnte er nicht umgehen, er hatte es noch nie gekonnt. So atmete er auf, als ihm eine Idee kam.

„Ich organisiere uns mal was zu trinken, ich schaue mal, was da ist“, sagte er. De Vries nickte. Guter Gedanke!

„Wo sind die Getränke gelagert, Walter?“

Walter gab keine Antwort. Dann eben nicht!

Als er die Flaschen im Regal inspizieren wollte, kam ihm noch ein anderer Einfall: Er ging in die Küche, weiter in Walters Büro – und siehe da, dort fand er einen abschließbaren, aber offenen Kühlschrank mit Wein. Und zwar mit sehr gutem, Ammerschwihr Kaefferkopf, grand cru! Dieser Heuchler! Predigte Wasser und soff Wein, hielt lange Vorträge über die Konzeption dieser sozialen Einrichtung hier oben und darüber, dass der Hof selbstverständlich alkoholfreie Zone sei, und was fand sich hier?

Er brachte drei Flaschen Riesling an den Tisch. „Wenn jemand keinen Wein will ...“

Kempff hatte sich inzwischen etwas beruhigt. Seine Frau erhob sich, holte Gläser, fand am Tresen auch einen Korkenzieher und bediente die Männer.

„Möchten Sie auch Wasser?“ Beinahe war sie wieder in ihrem Element.

Inzwischen war auch der Hund wieder aufgetaucht, zaghaft mit dem Schwanz wedelnd und sichtlich verängstigt. Gleich setzte er sich zu Harrwitz und lehnte sich gegen dessen Bein.

Jeder bis auf Walter nahm einen kräftigen Schluck.

„Entschuldigen Sie, Monsieur de Vries“, sagte Harrwitz, „aber ich verstehe nicht ...“

„Sprechen Sie ruhig, Monsieur Harrwitz!“

„Wenn eine Frau schwanger ist – ein Kind bekommt – wieso merkt das der Mann nicht? Ich meine: Wie kommt es, dass Monsieur Kempff ...“

„In der Zeit, als Madame Kempff angeblich schwanger wurde und David zur Welt brachte – wir wissen ja, dass von einer Schwangerschaft nicht die Rede war. Aber das konnte Monsieur Kempff vielleicht gar nicht wissen, er war zu dieser Zeit für eineinhalb Jahre nicht zu Hause ...“

„Im Knast, der alte Sack!“, zischte Walter hämisch. „Wegen einiger Einbrüche und Trickdiebstähle.“

Die Kempffs schienen noch eine Spur kleiner zu werden. Hatte sie ihn damals nicht im Gefängnis besucht? Schämte sie sich jetzt dafür?

„So deutlich hätte ich das hier jetzt nicht gesagt – es ist auch schon sehr lange her“, sagte de Vries mit unerschütterlicher Ruhe. „Aber das erklärt alles. Ich habe das auch erst heute Morgen in Erfahrung gebracht. Und als Monsieur Kempff – ich meine, als er nicht zu Hause war, kam Monsieur Senger senior, verstand ihren Kummer und – wie es eben so geht ...“

„Das ist doch schon so lange her, hört das denn nie auf?“, stöhnte Kempff.

„Wenn sich Monsieur Kempff seitdem nichts hat zuschulden kommen lassen, ist es doch kein Problem“, sagte Harrwitz nicht ohne Anzüglichkeit.

De Vries warf ihm einen Blick zu. Was bedeutete der? Verstehen? Oder eine Zurechtweisung? War Harrwitz zu weit gegangen? Besser erst einmal den Mund halten und den Profi machen lassen? Wenn das so einfach wäre! Aber er kam erst einmal nicht zum Nachdenken.

De Vries wandte sich Kempff zu.

„So, Monsieur Kempff, jetzt sind Sie so langsam dran mit Erzählen, finden Sie nicht?"

„Was gibt es schon zu erzählen!", murmelte der Wirt.

„Dass du David Senger erschlagen hast wie einen tollwütigen Hund, dass du wild auf ihn eingedroschen hast, immer wieder, dass du ..."

De Vries signalisierte Harrwitz, der es kaum noch aushielt, mit einer Handbewegung, noch einen Augenblick zu schweigen, Ruhe zu bewahren.

„Erzählen Sie, Monsieur Walter! Wie ist es denn passiert? Wir sind voller Spannung!"

Hatte sich Harrwitz eben verhört?

„Na, der Alte hat vier oder fünf Mal zugeschlagen, wie ein Besessener ..."

„Das haben Sie genau gesehen? Sie könnten es bezeugen? Vier oder fünf Mal?"

„Ja, doch! So ungefähr. Glauben Sie, ich hätte in dem Augenblick mitgezählt? Ich war total schockiert!"

„Verstehe. Sie waren total schockiert. Aber vielleicht haben Sie ja trotzdem erkannt, womit Monsieur Kempff zugeschlagen hat, Monsieur Walter?"

De Vries redete im allerfreundlichsten Ton. Walter war schon wieder obenauf. Seine Schmerzen schienen vergessen. Heute Nacht, im Krankenhaus, wird er dafür ordentlich jammern, dachte Harrwitz. Oder sich wieder im Internet tummeln und Unfrieden stiften. Mein Gott, was treibt einen solchen Menschen bloß an? Und seltsam, dass Walter die Worte des Kommissars für harmlos zu halten schien!

„Ich weiß nicht, ob Sie so etwas kennen, Monsieur le commissaire – bei uns in Deutsch-, äh, auf der anderen Rheinseite werden große Holzkeulen verkauft, wahre Mordinstrumente. Mit der Aufschrift 'Germanische Hausordnung'. Es gibt Leute, die es lustig finden, so ein Ding in ihre Wohnung zu hängen, hochinteressantes Phänomen, sage ich Ihnen.

Sehen Sie, neben der Theke hängt so eine Keule, als Attraktion für die Gäste, eigentlich hätte ich 'Hüttenordnung' draufschreiben lassen sollen. Wenn man damit richtig zuschlägt, ich sage Ihnen ... Und Monsieur Kempff hat mit genau so einer Keule zugeschlagen wie ein Geisteskranker. Völlig ausgetickt ist er, der alte Quasimodo. Ich weiß nicht, ob es im Elsass auch solche Keulen zu kaufen gibt ... Wissen Sie es, Monsieur de Vries"

„Ich habe hier noch nie solche Dinger gesehen. Weder mit noch ohne Aufschrift. Aber das hätte nichts zu sagen, in einer Dreiviertelstunde ist man von hier in Deutschland."

„Ganz eindeutig stand auf der Keule, mit der Monsieur Kempff zuschlug, 'Germanische Hausordnung', ich habe das genau lesen können. Monsieur Kempff hatte sie zum Taennchel mitgebracht, wo er auf David warten wollte."

„Moment", hakte de Vries nach, „Sie wollen damit sagen, dass Monsieur Kempff David Senger auf dem Taennchel erwartet hat? Monsieur Kempff, als wir damals David suchten, haben Sie angegeben, keine Ahnung zu haben, wohin er am 30. Oktober mit seinem Mountainbike fahren wollte, und Ihre Frau auch ..."

„Sie hat es auch nicht gewusst, sie hat damit nichts zu tun – aber mir hat er es gesagt und da habe ich mir gedacht ..."

„Was wollten Sie da oben, Monsieur Kempff? David Senger zur Rede stellen? Aber wozu dann die Keule? Das bedeutet doch, dass Sie vorhatten, ihn zu töten! Also?“

„Na, ja – einfach reden. Und ihn fragen … Ach, ich weiß selbst nicht mehr! Monsieur Walter meinte …“

„Ach, es war Monsieur Walters Idee?“

„Blödsinn, wieso sollte ich …“

„Na, bei Ihrer Liebe für dramatische Auftritte liegt das doch auf der Hand!“ Harrwitz platzte der Kragen. „Unfrieden stiften auf Teufel komm raus, wo es nur geht! Sich an den Streitereien anderer weiden, hinter einem Glas mit giftgrünem Diabolo oder heimlich bei einem leckeren Weinchen sitzen und feixen, feixen, feixen über diese total beschränkte, beknackte, bescheuerte Spießbürgerwelt! Ach, was sind die Leute so dumm und was bin ich selber so satirisch, so gesellschaftskritisch, so aufklärerisch, so hochphilosophisch! Sie haben es mir doch selbst gesagt, haben Sie das etwa vergessen?“

„Stammtisch-Psychologie“, fauchte Walter. „Ben, verpiss dich endlich, du Drecksköter! Monsieur le commissaire, wann kommt denn endlich der Krankenwagen? Ich habe solche Schmerzen – der Alte wollte mich umbringen, Harrwitz, Sie sind mein Zeuge …“

„Na, Monsieur Kempff, was Sie da oben mit David Senger bereden wollten, das wird Ihnen sicher wieder einfallen – aber jetzt erst mal weiter. Ist es denn richtig, dass Sie so eine Keule mit zum Taennchel gebracht haben? Und wo wollten Sie ihn treffen? Am Rocher des Reptiles, am Echsenfels?“

„Ganz genau, am Echsenfels … Da hatte so ein Schwachkopf aus dem Irrenhaus …“

„Von einem Mörder brauche ich mir so unqualifiziertes Stammtischgeschwätz nicht bieten zu lassen“, sagte Walter, jetzt wieder ganz ruhig.

„Denken Sie lieber daran, dass Sie gerade eben noch solche Schmerzen hatten – oder sind wir gerade Zeugen einer Wunderheilung geworden?“, fuhr ihn de Vries an. „Sprechen Sie weiter, Monsieur Kempff!“

„Jedenfalls war doch Halloween und da hatte einer von denen hier einen riesigen Kürbiskopf aufgestellt und beleuchtet. Es war ziemlich düster an dem Tag, es war klar, dass es früh dunkel würde, und da war vorauszusehen, dass David das Licht sehen würde.“

„Normalerweise wäre es ja am Taennchel gar nicht so einfach, jemanden abzupassen“, erklärte Renaud. „Der Kamm ist mehrere Kilometer lang.“

„Ich war gestern das erste Mal hier oben, aber das könnte stimmen“, sagte de Vries. „Zurück zum 30. Oktober. Nochmals, weil Sie mir diese Frage noch nicht beantwortet haben: Wozu haben Sie denn diese merkwürdige Keule mitgebracht? Da mussten Sie doch eigentlich schon vorgehabt haben ...“

Kempff saß da, blickte unter sich und antwortete nicht.

„Darf ich mir die Keule bei der Theke einmal genauer ansehen?“

„Aber selbstverständlich, Madame Kempff!“

Sie ging zum Tresen, hängte die Keule ab und besah sie sich von allen Seiten.

„Excusez, Monsieur de Vries, aber ...“

„Ja, bitte, Madame Kempff?“

Da brach es plötzlich aus ihr heraus: „Der Dreckskerl da, der Scheißkerl, jetzt wird mir alles klar! Ich bin immer freundlich zu allen Leuten, ich habe hundert Mal gekuscht um des lieben Friedens willen, aber jetzt reicht's mir!“

„Sprechen Sie!“, sagte de Vries. „Und Sie, Walter, sind jetzt mal ganz ruhig! Madame, trinken Sie einen Schluck und dann ...“

Das hatte sie schon getan.

„Monsieur de Vries, ich bin eine Elsässerin. Meine Familie besteht aus Elsässern. Wir sind Franzosen und wir sind gerne Franzosen. Wir haben überhaupt nichts gegen Deutsche, wir haben sie immer freundlich behandelt, das stimmt doch, Monsieur Harrwitz? Aber wir sind Franzosen, auch wenn wir Elsässisch reden. Und so ein Blödsinn wie eine Keule mit der Aufschrift 'Germanische Hausordnung' kommt mir nicht ins Haus! Mir kommt überhaupt nichts 'Germanisches' ins Haus!

Und soll ich Ihnen mal was sagen, Monsieur de Vries? Sie werden das vermutlich nicht wissen ... Meinen Großvater haben die Nazis im Struthof gequält, wie es sich kein Mensch vorstellen kann, und hungern und frieren und im Steinbruch schuften lassen, bis er es nicht mehr ausgehalten hat und verreckt ist, elendiglich verreckt wie der letzte Straßenköter! Ich war nie am Grab meines Opas, weil es gar kein Grab gibt, weil er irgendwo verscharrt ist, ich habe nur ein paar alte Bilder. Das wissen Sie vermutlich nicht, aber – "

„Nein, das wusste ich nicht", sagte de Vries ruhig, „das tut mir sehr Leid."

„Mein Großonkel wurde zur Wehrmacht gelockt, erst hieß es, eine Gruppe junger Elsässer werde nach Belgien gebracht, um dort den Motorrad-Führerschein zu machen, aber dann fuhr der Zug eben nicht nach Belgien, sondern nach Russland – verstehen Sie, Messieurs, verstehen Sie? Da war er dann fast vier Jahre an der Ostfront, und dass er das überlebt hat, war ein Wunder! Und wissen Sie, wie es weiterging? Einige Jahre nach Kriegsende wurde er wegen Kollaboration mit den Nazis und wegen Kriegsverbrechen im Osten, wegen Geiselerschießungen, vor Gericht gestellt und vier Jahre eingesperrt – erst durch die Amnestie von 1953 kam er vorzeitig frei.

Und wissen Sie, was mit seinem Vorgesetzten von damals passiert ist, der die Geiselerschießungen befehligt hat? Wissen Sie, was aus ihm geworden ist? Eine große Karriere im Ministerium in Stuttgart hat er gemacht, unter Filbinger! Unter dem – wie nennt man so jemanden in Deutschland?"

„Ministerpräsident", sagte Harrwitz. „Ministerpräsident von Baden-Württemberg. Er selber bezeichnete sich als Landesvater. Was haben wir Studenten diesen arroganten, autoritären Typen damals zum Teufel gewünscht!"

„Und dieser Filbinger hat als Politiker mal gesagt: 'Was bei den Nazis Recht war, kann heute nicht Unrecht sein!' Und ich könnte Ihnen noch Dinge erzählen, Messieurs – aber eines können Sie mir glauben, darauf gebe ich Ihnen mein Ehrenwort: So ein Ding mit der Aufschrift 'germanisch' wird mir nie, nie ins Haus kommen!

Wir wollen im Elsass unseren Frieden haben und mit den Leuten in Frieden leben, aber wir sind kuriert von allem Germanischen, das können Sie mir glauben!"

Sie war fast außer Atem geraten. Da sagte Walter: „Die gute Frau kann so lange Geschichtslektionen halten, wie sie will, das ändert aber nichts an der Tatsache ... Und jetzt wollen Sie mir sicher unterstellen, dass das die Mordwaffe ist? Die da neben meiner Theke hängt?"

„Natürlich nicht, Monsieur Walter", antwortete de Vries freundlich. „Das wäre mir auch ein selten dummer Mörder, der sie nach der Tat reinigt und dann über die Theke seines Restaurants hängt – wo doch jeder weiß, dass sich Blutreste im Labor mühelos nachweisen lassen. Er würde eine solche Keule ganz einfach verbrennen. Das wäre doch die logischste Sache der Welt, finden Sie nicht, Monsieur Walter? Von daher würde ich mich doch lächerlich machen, wenn ich sie jetzt ins Labor schicken würde!"

„Kompliment, Monsieur le commissaire! Sie haben es erfasst!“ Harrwitz kam, während er mechanisch Ben streichelte, nicht aus dem Staunen heraus, wie schnell Walter immer wieder in sein altes Verhaltensschema zurückfand. Trotzdem erschien er ihm ein wenig unruhig. Bildete er sich das nur ein? Merkte es auch de Vries?

„Sehen Sie!“ De Vries setzte sich ganz ruhig wieder an seinen Platz und nahm einen Schluck Wein. Seine Augen glänzten vor Vergnügen.

„Wissen Sie, Monsieur Walter“, sagte der Kommissar im gemütlichsten Plauderton, „es gibt Tage, an denen macht mir mein Beruf so richtig Spaß. Natürlich macht es mir keinen Spaß, irgendwelche primitiven Gewalttäter oder armen Schlucker wegen Mordes zu verhaften. Das muss ich tun, das ist nun mal mein Job, nur Spaß macht mir das wahrlich nicht. Aber wissen Sie, welche Sorte von Mördern ich ganz besonders gerne überführe? Diejenigen, die sich für so unendlich schlau halten und gerade deshalb die größten Dummheiten machen. Die zu überführen, ist für mich ein richtiger Sport, können Sie das nachvollziehen, Verehrtester?“

„Warum kommen denn die Rettungssanitäter nicht? Ich habe solche Schmerzen! Und muss ich mir vor allen Leuten so einen dämlichen Vortrag anhören? Was geht mich denn Ihr Spaß an?“

„Was Sie mein Spaß angeht? Nun, Monsieur Walter, im Augenblick geht eher ***mich Ihr*** Spaß an.“ Genüsslich trank er einen Schluck Wein.

„Ich halte das nicht aus, diese Schmerzen ...“ Jetzt wurde es deutlicher: So sehr Walter sich auch bemühte, seine zunehmende Nervosität zu verbergen – es gelang ihm nicht mehr ganz. Und natürlich merkte das de Vries! Harrwitz ahnte, dass er den Kommissar doch unterschätzt hatte. Und zwar gewaltig.

Und die Kempffs? Madame Kempff hatte ihre Hand auf den Unterarm ihres Mannes gelegt, der gottergeben dasaß.

„Keine Sorge, Monsieur Walter, Sie werden an Ihrer Verletzung nicht sterben. Sie bleiben der Welt schon noch erhalten. Vielleicht werden Sie operiert, vermutlich werden Sie einige Zeit im Bett bleiben müssen, da haben Sie dann alle Zeit der Welt zum Nachdenken, Sie könnten sie brauchen. – Aber lassen wir mal alles Persönliche weg. Überlegen wir rein theoretisch. Aber nur, wenn es Ihnen recht ist! Sie gestatten doch, dass ich hier rauche?"

Wieder eine Kunstpause, während der de Vries eine Zigarette anzündete.

„Schauen Sie, Monsieur Walter, ich will Ihnen das gerne erklären, das ist richtig, richtig spannend! Also hören Sie zu. Ich stelle mir also einen Mann vor, der alle Welt verachtet, der alles um sich herum als eine Art Theater und Reality-TV ansieht und den nichts persönlich betrifft. In Wirklichkeit ist es nicht so, er redet sich nur ein, dass ihn das alles nichts angehe, aber um nicht an seinem elenden Leben zu verzweifeln, ***muss*** er sich das mit aller Gewalt einreden. Das ist für ihn geradezu überlebenswichtig. Verstehen Sie, können Sie mir folgen?"

De Vries ließ Walter keine Sekunde aus den Augen.

„Eines Tages bekommt er – wie, spielt im Augenblick keine Rolle – mit, dass sich in einer Familie, genauer, bei einem seit Jahrzehnten verheirateten Ehepaar in seiner Nähe eine wahre Tragödie abspielt. Keine von denen, die in Wut und Gewalt mündet, eher eine von den vielen, die sozusagen unter der Oberfläche bleiben wie ein Schwelbrand.

So ist das ja bei den allermeisten Tragödien – und wenn wir von der Polizei in so einer Sache gerufen werden, ist es immer zu spät und die Tragödie ist eben eskaliert. Aber unser Freund hat riesengroßes Glück. Er ahnt, ahnt mit seinem ganzen bösen, menschenverachtenden und voyeuristischen Instinkt, dass eine solche Eskalation nahe bevorstehen könnte. Könnte! Vielleicht beruhigt sich die Sache auch wieder, vielleicht bleibt es ja doch bei dem quälenden Schwelbrand unter der Oberfläche. Also fasst unser Mann den Plan, bei der Eskalation ein bisschen nachzuhelfen. Ein bisschen Gott zu spielen. Walter der Welt, Walter des Schicksals ..."

„Muss ich mir das alles hier anhören? Und wenn jetzt nicht gleich der Rettungswagen kommt, werde ich mich wegen unterlassener Hilfeleistung ..."

„Ob Sie sich das anhören müssen? Aber Monsieur Walter, natürlich müssen Sie! Wie wollen Sie es denn verhindern? Fühlen Sie sich etwa persönlich getroffen? Das täte mir aufrichtig Leid ..."

Harrwitz kam aus dem Staunen nicht mehr heraus. Dieser de Vries entwickelte ja eine geradezu Waltersche Fiesheit!

„Unser Freund schafft es, ein wenig das Vertrauen des Ehemannes zu gewinnen. Zu erkunden wären die Details seines Vorgehens – denn das Vertrauen eines verschlossenen älteren Mannes zu gewinnen, ist nicht einfach. Gleichwohl – es gelingt ihm.

Vielleicht bekommt dieser ältere Mann mit, wie die Frau ihren vermeintlichen Sohn bemuttert und verwöhnt, alles heimlich, aber natürlich bekommt er es mit, dass sie ihm immer mal wieder etwas besonders Leckeres kocht, Hähnchen in Rieslingsoße zum Beispiel. Schlimm genug, dass er nicht verhindern konnte, dass dieser vermeintliche Sohn seiner Frau in seinem Haus wohnt, dass also sozusagen die Vergangenheit wieder eingezogen ist, poetisch gesprochen.

Wie hat Monsieur Senger senior sie herumbekommen, David in einem Appartement wohnen zu lassen, das normalerweise gar nicht vermietet wird? Vielleicht hat er nach all den Jahren wieder einmal seinen Charme spielen lassen, hat die gutherzige Frau um den Finger gewickelt wie seinerzeit vor 27 Jahren, vielleicht hat er sie bewusst im Irrglauben gelassen, David sei ihr Sohn, vielleicht haben die beiden über das Wesentliche gar nicht gesprochen – soll ja alles vorkommen. Gleichwohl, uns hat jetzt etwas anderes zu interessieren."

De Vries setzte sich noch ein wenig gemütlicher und streichelte den Hund, dem es bei Harrwitz offenbar zu langweilig geworden war..

„Wie schafft es unser lieber Freund, den anderen dazu zu bringen, den vermeintlichen Sohn seiner Frau oben am Echsenfels abzupassen? Was für einen absurden Plan hat er sich dazu ausgedacht, vielleicht nachts, wach liegend, rappelig, vollgepumpt mit Adrenalin und Diabolo? Wie dem auch sei – er schafft es. Er hat sich mit unserem Mann verabredet, beide warten stundenlang im nasskalten Wetter.

Unser Freund hat dafür gesorgt, dass er und sein Begleiter nicht gleich gesehen werden, dass die Szenerie aber gespenstisch ist und da braucht es nicht viel, ein paar seiner Jungs, wie er sie nennt, zu dem Spektakel mit dem Kürbis bei den steinernen Echsen zu überreden. Und nun hat unser Mann einen, wie er meint, total genialen Plan gefasst – und dabei schon den ersten gravierenden, geradezu idiotischen Fehler begangen, weil er sein Arrangement gar zu skurril gestalten wollte."

Wieder machte de Vries eine Kunstpause. Harrwitz beobachtete unablässig Walter. Von dessen Souveränität und Selbstgefälligkeit war kaum noch etwas übrig. Zusammengesunken saß er da und zuweilen stöhnte er auf, wenn ihm der Schmerz ins Bein fuhr.

„Er nimmt eine alberne Holzkeule mit der Aufschrift 'Germanische Hausordnung' mit zum Tatort. Stilgemäß, denn an seinem Plan soll alles, wirklich alles unerhört, nie dagewesen sein und *er, er* soll der einzige sein, der davon weiß! Er wird für den Rest seines Lebens das Wissen um eine Tat in sich tragen, die so raffiniert ist, dass selbst ein Sherlock Holmes sie nicht aufklären könnte! Was für ihn ja logisch ist, schließlich hält er die Menschheit für allesamt kleinkariert und unterbelichtet.

Und als der Erwartete endlich ankommt, am Ende seiner Kräfte und vermutlich völlig verblüfft, seinen Vermieter da oben in dieser Abgeschiedenheit und bei diesem Dreckwetter zu treffen – da holt unser Freund mit seiner Keule ganz ruhig und unvermittelt weit aus und zertrümmert ihm mit einem einzigen wohlgezielten Schlag den Schädel an der Stirnseite, dass sein Opfer über die Felswand hinabstürzt und im Dickicht landet. Das Rad wirft der Täter hinterher. Wie es mit dem jungen Mann weiterging, wissen wir. Aber nun begeht unser Freund seinen zweiten und jetzt schon entscheidenden Fehler. Möchten Sie fortfahren, Monsieur Walter?"

Walter erinnerte Harrwitz jetzt an ein waidwundes Wild, dem man nur noch den Fangschuss verpassen musste.

„Ich kann das auch gerne tun, obwohl ich vom vielen Reden schon einen ganz trockenen Mund bekomme. À votre santé, messieurs-dames!" Er prostete in die Runde. „Und nun können wir zum Ende kommen, denke ich. Unser Mann, unser Mörder, wie wir jetzt sagen müssen, erlebt nun das Theater seines Lebens. Kaum hat er den armen David erschlagen, fixiert er den armen Monsieur Kempff, den er hierher gelockt hat. Hypnotisiert ihn geradezu. Wie eine Schlange das Kaninchen. Er weiß: Der Alte wird schweigen. Aus dem ganz einfachen Grund, weil er weiß, dass ihm niemand auf der Welt eine so unglaubliche Geschichte glauben wird. Von dieser Seite droht ihm also keine Gefahr. Und nun –"

De Vries legte wieder eine Kunstpause ein und trank einen Schluck.

„Nun läuft er endgültig zu großer Form auf und ihm kommt auch noch die Idee, das Mordinstrument sorgfältig zu reinigen und neben der Theke in seinem Restaurant aufzuhängen. Welch ein irrwitziger Spaß, was für ein sensationeller Kick! Jeder wird denken, dass man eine Mordwaffe bei der erstbesten Gelegenheit auf Nimmerwiedersehen verschwinden lässt, all die kleinen und belanglosen Mörderchen dieser Welt hätten das getan – ***er*** hängt die seine so auf, dass sämtliche Gäste seines Lokals sie sehen können!

Wenn die wüssten! Aber die haben ja keine Ahnung – nur er, er ist so clever, so gerissen, so hochphilosophisch! Und es kommt noch viel besser, als er es sich in seinen kühnsten Träumen erhofft hat. Der Orkan wütet und verwüstet den Wald am Taennchel. Völlig unmöglich, die Leiche zu finden! Über Monate die Riesenspannung: Wann taucht der tote David Senger endlich auf? Dann kommen die Waldarbeiter … Und wissen Sie, was ich jetzt tun werde? Mir erst mal noch eine Zigarette genehmigen!"

Jetzt hörte man ein Motorengeräusch. Durch ein Fenster sah Harrwitz den Rettungswagen vor dem Gebäude anhalten.

„Ich denke, ich werde die Keule doch mal gründlich im Labor untersuchen lassen. Auch auf die Gefahr hin, mich unsterblich lächerlich zu machen. Aber ich glaube nicht, dass nach der Laboruntersuchung noch jemand lachen wird."

„Glauben Sie denn im Ernst, dass Sie nach so langer Zeit noch was finden werden? Die Keule ist doch, äh, der Mörder hätte sie doch sicher gründlich gereinigt!" War das jetzt ein letztes Auftrumpfen bei Walter oder nur Trotz? Vor allem war es pure Dummheit, das war Harrwitz sofort klar.

„Ach", sagte de Vries leichthin, „da unterschätzen Sie mal unser Labor nicht. Was glauben Sie, was die schon alles gefunden haben! Ich könnte Ihnen Sachen erzählen …"

„Das ist so eine bodenlose Unverschämtheit …"

„Sie haben Recht und deshalb lassen wir doch lieber die Fakten sprechen. S'il vous plaît!“

Einer der Uniformierten verstaute die Keule in einer großen Plastiktüte.

Die beiden Rettungssanitäter legten Walter auf die Liege. Der eine drängte wortreich: Wir müssen los, der Mann muss ins Krankenhaus! Sehen Sie denn nicht, dass – ?

Walter wurde abtransportiert. Zwei der Uniformierten fuhren mit. Die Motorgeräusche des Rettungswagens entfernten sich.

# Kapitel 27

„Monsieur Kempff, eigentlich müsste ich Sie auch mitnehmen … Versprechen Sie mir, vernünftig zu sein?"

Kempff hatte den Arm um seine Frau gelegt.

„Ach, Monsieur Harrwitz, wissen Sie was? Jetzt würde ich Sie doch mal zu Coq au Riesling einladen ..."

„Danke, Madame, das ist sehr freundlich, aber ich werde schnell abreisen müssen. Wenn ich mal wieder in die Gegend komme ..."

„Dann melden Sie Sich! Versprochen?"

Die Kempffs setzten sich langsam und Arm in Arm in Bewegung. Die beiden zurückgebliebenen Uniformierten folgten ihnen.

„Monsieur Kempff!"

„Was noch, Monsieur de Vries?"

„Auf ein Wort ..."

De Vries gab den Polizisten ein Zeichen, sich etwas abseits zu halten, ging mit den beiden ein Stück zur Seite und redete einige Zeit auf sie ein. Harrwitz konnte nichts hören. Er nahm nur wahr, dass Monsieur Kempff stumm und wie ein geprügelter Hund und Madame Kempff erschrocken blickte und zuletzt schnell zu antworten und den Kommissar zu beschwichtigen schien.

Inzwischen näherte sich der Vikar, um sich von Harrwitz zu verabschieden.

„'Ne nourrissez pas le troll – don't feed the troll' – erinnern Sie sich, Monsieur Renaud? Sie hatten so etwas von Recht ..."

„Ach, das war doch nur ein – wie sagt man auf Deutsch? Une parole?“

„Ein Schlagwort? Eine Phrase?“

„Ja, so ungefähr. In Wirklichkeit ist doch auf der Welt alles viel komplizierter. Und wenn Sie diesem Troll nicht ständig Futter vorgeworfen hätten ...“

„Sie meinen“, grinste Harrwitz, „frei nach Goethes Faust? 'Ich bin ein Teil von jener Kraft, die stets das Böse will und stets das Gute schafft!'“

„Wenn ich Ihnen darauf jetzt antworte, werden wir heute noch eine Menge Tiefsinniges von uns geben ...“

„Kein Problem, im Haus ist ja noch genug Wein!“

Jetzt musste sogar Renaud grinsen. „Na, ich verabschiede mich lieber, ich habe noch zu tun. Wissen Sie, unsere bunten elsässischen Fachwerkhäuser sind ja sehr schön, aber hinter den Fassaden ... Au revoir, Monsieur Harrwitz! Gott mit Ihnen!“

Jetzt kam de Vries zurück..Die Kempffs gingen zusammen mit dem Vikar zu ihrem Auto.

„Was haben Sie denn noch mit Madame und Monsieur Kempff gesprochen, wenn ich so neugierig fragen darf?“

„Gehen wir noch ein paar Schritte, Monsieur Harrwitz? Ich glaube, nach den Aufregungen wird uns das beiden gut tun. Und die Sonne hat sich glücklich wieder hervorgekämpft.“

Ohne sich abzusprechen, wendeten sie sich bergauf, trafen wenig später am Kamm an den Drei Großen Tischen ein und zweigten Richtung Echsenfels ab.

„Ich war vorhin völlig verblüfft – Sie sprechen ja fließend Deutsch! Wo haben Sie denn ...?“

„Wo ich das gelernt habe? Ich komme aus einer flämischen Familie, dort spricht fast jeder ein paar Brocken Deutsch. Und hier im Grenzland ... Offizielle Vernehmungen führe ich allerdings auf Französisch, erstens ist das Amtssprache und zweitens fühle ich mich dabei doch sicherer. Aber das vorhin war ja keine offizielle Vernehmung, sondern ein – wie sagt man? – gemütlicher Plausch."

„Mein Französisch könnte auch eine kleine Frischzellenkur vertragen ..."

„Eine was?"

„Eine Auffrischung – ich sollte mal wieder …"

„Ach, so ..."

Es war später Nachmittag. Die Holzarbeiter, die die zahllosen vom Orkan niedergewalzten Bäume bergen sollten, hatten schon Feierabend und so war es ganz still. Harrwitz und de Vries setzten sich auf die Felsplattform, die beiden steinernen Echsen in ihrem Rücken.

„Sie wollen gleich nach Hause fahren? Nicht noch ein paar Tage Urlaub in den Vogesen?"

Harrwitz brauchte einen Augenblick, bis er antwortete.

„Ach, wissen Sie, Monsieur de Vries, es ist schon komisch. Was habe ich mich gefreut, mal wieder wegzukommen! Und dann ist das hier doch eine so tolle Gegend … Aber jetzt, wo alles vorbei ist ..."

„Ja", sagte de Vries langsam, „das kenne ich."

„Später mal! Ganz bestimmt!"

Sie schwiegen und genossen die weite Aussicht über die vielen Waldkämme, die wie Kulissen neben- und hintereinander standen und sich in der Ferne verloren. Ein Militärflugzeug donnerte über den Himmel, aber gleich darauf war es wieder ruhig und friedlich.

„Schade, dass wir nicht noch eine Flasche von Walters Riesling mitgenommen haben ..."

„Was wird jetzt eigentlich aus Kempff? Eigentlich kann er einem nur zutiefst leid tun ..."

„Ich hoffe, dass er einen verständnisvollen Richter findet, er braucht auf jeden Fall einen sehr guten Anwalt ... Er hat ja schon einiges auf dem Kerbholz – er hat Walter angeschossen, dazu die Geiselnahme ...“

„Es mag jetzt großspurig klingen ...“

„Sprechen Sie nur weiter!“

„Ich hatte nie den Eindruck, dass mir Kempff etwas getan hätte. Das Problem war einzig und allein Walter.“

„Das sehe ich genauso. Das Problem in dem gesamten Fall ist Walter.“

„Wenn Sie mitbekommen hätten, was der vorhin für eine Show abgezogen hat! Wenn ich sage, dass er den Schuss herausgefordert hat, ist das noch zurückhaltend ausgedrückt. Was passiert jetzt eigentlich mit ihm? Meinen Sie, Sie haben ihn? Ich fand es faszinierend, wie sie ihn charakterisiert haben. Das grenzte ja an Zauberei, das hätte ich nie hinbekommen.“

„Doch, Monsieur Harrwitz, ich bin sicher, das hätten Sie auch hinbekommen. Mit etwas Erfahrung, klar, aber vor allem haben wir bei der Polizei natürlich ganz andere Möglichkeiten als ein Privatdetektiv. Ich habe mich von den deutschen Kollegen ganz einfach über Walter informieren lassen.“

„Ja, haben die denn was über ihn?“

„Eine Menge, aber im Grunde genommen Bagatelldelikte. Nur lassen die tief blicken. Einmal Landfriedensbruch in Gorleben, dann Beleidigungen, Sachbeschädigungen – er hat sich oft als Sprayer betätigt, Dollarsymbole an Rathäuser, Phallussymbole an Kirchen. Er fand das wohl lustig und sozialkritisch, die Gerichte vertraten da eine etwas andere Meinung.“

„Das erinnert mich an das Verschwinden der Metallbeschläge, Namensschilder und Klingelknöpfe in Ribeauvillé. Und an die Schmiererei an der Marienstatue auf Obermatten. Ich habe mir auch gedacht ...“

„Ja“, sagte de Vries, „das trägt seine Handschrift.“

„Sie hätten hören sollen, wie er die Sache mit den Haustüren in Ribeauvillé glorifiziert hat – wie er ihr einen geradezu philosophischen Sinn gegeben hat ...“

„Wir durchsuchen natürlich den Bergbauernhof, meine Kollegen müssten jetzt schon da sein. Und unter Garantie werden wir was finden. Wohin soll er denn sonst die ganzen Metallteile gebracht haben? Übrigens scheint er sich auch intensiv in den verschiedensten Internetforen herumgetrieben und dort Unfrieden und Chaos verursacht zu haben

Sehr gerne führte er andere User an der Nase herum und man muss ihm zugestehen, dass seine Ideen manchmal tatsächlich lustig waren. So luchste er beispielsweise jemandem die Handynummer ab und bestellte diesen dann zu einem vermeintlichen Treffen; am Treffpunkt hielt er sich dann im Hintergrund, ohne sich zu erkennen zu geben, und schickte dem anderen dann folgende SMS: 'Geh in die Metzgerei Sowieso, du wirst dort zwecks deiner Kastrierung an der Fleischtheke erwartet!'“

Harrwitz konnte nicht anders, er lachte schallend.

„Wenn es nur das gewesen wäre! Deswegen kann man ihn nun wirklich nicht bestrafen.“

„Allerdings kommt es darauf wohl gar nicht mehr an, wenn man ihm den Mord nachweisen kann.“

„Ich hoffe ja inständig, dass wir auf der Keule Blutspuren finden können, sonst ist meine ganze schöne Theorie nichts wert. Aber ich bin sicher, dass ich richtig liege.“

„Ich auch – ich habe Walter beobachtet, er hat doch eigentlich fast schon gestanden. Schade, dass der Rettungswagen nicht noch zehn Minuten später kam ...“

„Übrigens, Monsieur Harrwitz, brauche ich natürlich noch Ihre Aussage – und dann auch noch das Gericht ...“

„Klar. Wie organisieren wir das?“

„Heute organisieren wir gar nichts mehr. Was haben Sie jetzt vor? Noch heute Abend nach Hause fahren?“

„Unbedingt. Es sind ja nur drei Stunden ...“

„Ich verstehe Sie nur zu gut. Könnten Sie mir vielleicht eine schriftliche Darstellung der Ereignisse im Taennchelhof geben? Auf Deutsch natürlich. Einfach per Einschreiben an meine Dienstadresse schicken, die steht ja auf der Visitenkarte. Ich gebe Ihnen unten am Auto noch eine, Sie haben die Ihre ja dem Kellner Conny gegeben, der mich dann doch nicht angerufen hat, das hat Monsieur Renaud getan ... Vielleicht erspart Ihnen Ihr Bericht die mündliche Zeugenaussage bei mir.“

„Gute Idee, mache ich sofort, wenn ich nach Hause gekommen bin.“

„Zur Gerichtsverhandlung werden Sie natürlich nach Colmar kommen müssen – kennen Sie die Berge um das Münstertal direkt westlich von Colmar? Die sind noch viel eindrucksvoller als die hier. Da denkt man oft, man sei in den Alpen. Almen, steile Blockhalden, senkrechte Felsabbrüche, Bergseen in natürlichen Amphitheatern, wie man so sagt ... Und ein paar ganz verwegene Steige. Stundenlange Touren auf Wiesenkämmen mit Sicht in alle Himmelsrichtungen! Und erst der lange Höhenweg von Thann zum Ballon d'Alsace, Stunden um Stunden durch wilden Bergwald! Sensationell, einfach sensationell! Müssen Sie unbedingt mal kennen lernen. Im Herbst hat man oft Aussicht bis ins Berner Oberland, manchmal sogar bis zum Mont Blanc.“

Sie sahen zu, wie die Schatten, die die Bergrücken warfen, ganz allmählich länger wurden.

„Ach, so, was ich vorhin mit den Kempffs besprochen habe? Ich habe Monsieur Kempff unter der Hand von den fehlenden 1000 Euro erzählt – er müsste sie Ihnen schon in Ihrem Hotel hinterlegt haben. Ich habe ihm gesagt ...“

Klar! Dass er vielleicht doch wegen Diebstahls belangt werden könnte! Und dass sich das in seiner jetzigen Situation gar nicht gut mache. Zumal bei seiner Vorstrafe. Und vermutlich noch einiges mehr.

„Schon gut, Harrwitz. Sagen wir es so: An Ihnen ist ein guter Polizist verloren gegangen ...“

Und an de Vries ein guter Privatdetektiv. Oder sogar Seelsorger? Es schien Harrwitz unnötig, noch etwas zu sagen. Dass er einen ganz kurzen Moment ein unerklärliches Gefühl von Trauer verspürte, konnte er allerdings nicht zuordnen.

Sie saßen noch einige Minuten, dann brachen sie auf. Harrwitz drängte es jetzt nach unten, ins Tal – packen, die Rechnung begleichen und dann in die Nacht hinein nach Hause fahren.

Nach Hause! Als ob ihn da etwas hinzog! Aber er hoffte, dass dies nicht sein letzter Auftrag gewesen sei. Trotz aller Aufregungen.

Und ja, besser, als auf dem Sozialamt Hartz IV zu beantragen, war es allemal. Hundert Mal besser!

## Danksagung

Die Schreibweise der elsässischen Passagen folgt der von Edgar Zeidler erarbeiteten „Orthal“-Rechtschreibung (Orthographe alsacienne). Monsieur Zeidler hat die betreffenden Sätze in das Elsässisch der Gegend von Ribeauvillé übersetzt. Dafür möchte ich ihm ganz herzlich danken – oder wie man in Ribeauvillé sagen würde: *harzlig* danken.
Ebenso herzlich möchte ich all denen danken, die mir beim Schreiben dieses Romans weitergeholfen haben. „Probeleser“, Freunde, die konstruktive Kritik äußern, die den Autor auf Flüchtigkeitsfehler, logische Ungereimtheiten usw. usw. hinweisen, die den Autor, davon abhalten, sich allzu früh mit dem Erreichten zufrieden zu geben, sondern ihm immer und immer wieder zu verstehen geben: „Da geht noch was!“ – solche Freunde sind einfach unbezahlbar.
Ein riesiges Dankeschön gebührt aus diesen Gründen zunächst natürlich der besten aller Ehefrauen, dann Max Fermor, Sebastian Peter, Christian Schulz und Florian Stenger sowie natürlich meinem Freund und Autoren-Kollegen Michael Rusch, dessen herrlicher, vergnüglicher Fantasy-Roman „Die ewige Nacht“ gleichfalls beim AAVAA-Verlag erschienen ist. Und, last but not least, all denen, die ich in dieser Aufzählung jetzt evtl. vergessen habe.
Nicht zuletzt danke ich dem AAVAA-Verlag für die unkomplizierte und sehr zügige Zusammenarbeit.
Allen ein ganz herzliches

*Merci vielmol!*

Alle im AAVAA Verlag erschienenen Bücher sind
in den Formaten Taschenbuch und
Taschenbuch mit extra großer Schrift
sowie als eBook erhältlich.

Bestellen Sie bequem und deutschlandweit
versandkostenfrei über unsere Website:

www.aavaa.de

Wir freuen uns auf Ihren Besuch und informieren Sie gern
über unser ständig wachsendes Sortiment.

Einige unserer Bücher wurden vertont.
Die Hörbücher finden Sie unter
www.talkingbooks.de

Kosta Athanasopoulos
DRAMÖDYSSEE
Von Patridioten und anderen Primaten
Eine Dramödie in 33 Akten
AAVAA
VERLAG

Denis Atuan
Die
ZEUS-MEMOIREN
Roman
AAVAA

Peter Backé
白手套
Der weiße Handschuh
Kriminalroman
AAVAA

Hanns Bierner
Eine Birne unter Äpfeln
Bunte Episoden aus einem langen, bewegten schwulen Leben
Autobiografie
AAVAA VERLAG

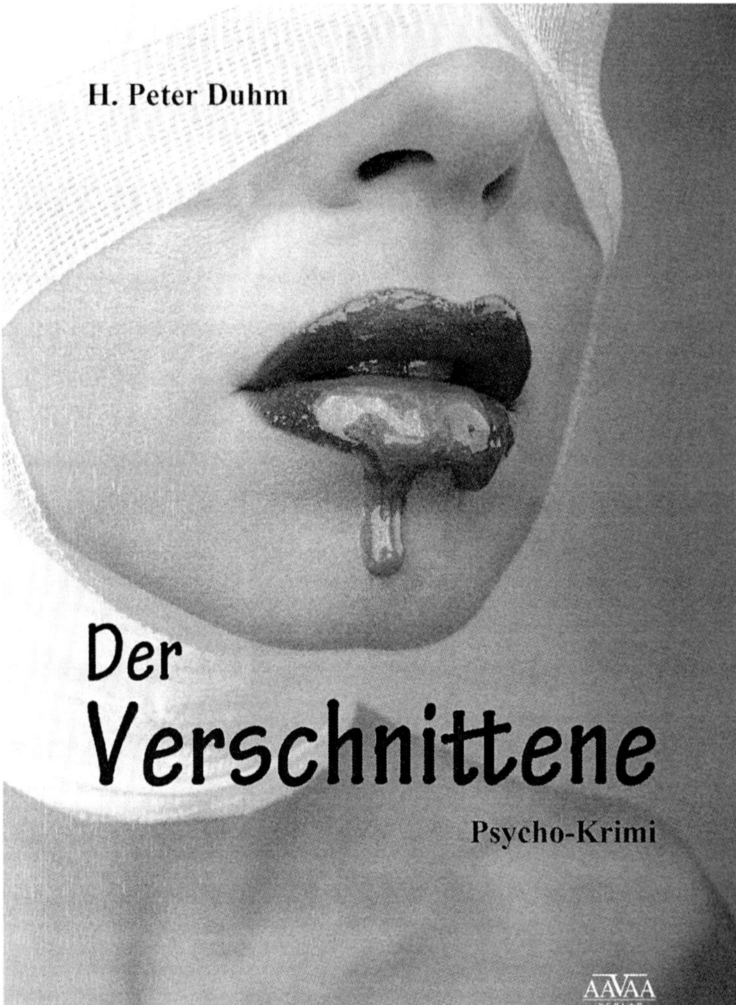
H. Peter Duhm
Der
Verschnittene
Psycho-Krimi
AAVAA

AAVAA

VERLAG

www.aavaa-verlag.com